町づくろいの思想

森 まゆみ

みすず書房

まえがき

この本に収めたのは二〇〇八年八月より、日経・朝日・読売インターネット共同サイト「あらたにす」の新聞案内人として書いた時評コラムがほとんどである。「あらたにす」が使命を終えたとして解散したので、すでにネット上では読めなくなっている。この時期も、私は東京のちいさな町でおこる乱開発に抵抗し、歴史的建造物の保存、巨大ダム建設反対などの活動をしていた。

執筆時には読売の丸山伸一さん、日経の日下淳さんに編集者としてよく見ていただいた。これを惜しんで本にしてくれたのはみすず書房の守田省吾さんである。この三人の方にまず感謝する。

二〇〇九年夏には二六年間続けてきた地域雑誌『谷中・根津・千駄木』が終刊になり、ホームページ「谷根千ねっと」の継続と、今までの資料や写真、テープなどのアーカイブ整備、映像での再記録をもくろんで林町（文京区千駄木）の築九〇年のひんやりした蔵で「谷根千・記憶の蔵」の運営が始まった。

ちょうど「あらたにす」の仕事が終わった後、三月十一日にわが生涯最大の事件ともいえる東日本大震災がおこった。私は宮城県丸森に五年間持っていた畑を引き上げたあとだったが、それからは作家というより、地域活動家として東北へ通うことになった。その後に医学書院発行の『保健師ジャーナル』などに書いたものも収めることにした。以下はこの数年の私の東奔西走というより右往左往の中で考えてきたことである。

町づくろいの思想　目次

都市型洪水を防ぐには

二〇〇八年八月五日、私は富山空港でとっぷり暮れる夕方の三時間待たされた。東京が昼前の集中豪雨のため羽田空港が混乱したのだったが、待つ間に目がクギ付けになったのは、「地下に突然の濁流　ずぶぬれひとり脱出　下水道五人不明　「仲間まだ中に」」（読売5日夕刊）というニュースであった。

私の住む近くの東京・豊島区雑司が谷のことであるし、東京都発注の工事で、私たちの生活インフラのために地下の陽の当たらぬところで作業してくださっている方々が流されたなんて、胸つぶれる思いで読んだ。

翌六日になって、五人のうち二人の死亡が確認された。しかも、遺体が見つかったのは現場から三キロ離れた文京区後楽の神田川。ここは地下を通る下水道が目に見える川に流れ込むところで、東京の地下水に関心のある私がよくチェックする地点だ。

この場所について一八年前、私はこう書いた。「水道橋の先で、江戸川橋方向からの地下を流れる水が流れ込んでいるが、これが一目でわかるほど汚い。「人の目に触れず、監視されない水はかならず汚れる」というのを、目の当たりに見た思いである」(『とり戻そう東京の水と池』岩波ブックレット、一九九〇)。汚水も混じる暗い下水道の中を、亡くなった作業員の方たちはどんな思いで流されていたのだろう。

その後の報道は「注意報現場に伝わらず」など、工事受注業者の責任追及、下請けの問題などになった。八日になってようやく、五人目の遺体が発見された。

しかしこの事件の本質は別のところにあると考える。東京は、台地と低地が織りなす地形を持っている。ところが都市開発により隙間なく住宅やビルが建ち並び、道路はすべて灰色のアスファルトで覆われてしまった。

そして、家庭排水も雨水もみな合流式で下水道に流れ込み、東京湾まで運ばれる仕掛けになっている。そのため、大雨が降ると大地にしみ込むことができずに下水道に集中し、サイフォンの原理で低地で溢れ出す。私は文京区動坂の低地に生まれ育って、豪雨のたびに家ではぐんぐんと床上、床下浸水するのを子どものときから見てきた。今回の豪雨でも浸水した家は昔ほどではないが、あった。

こうした都市型洪水を防ぐためにはどうしたらいいのか。

すでにそういう知恵は江戸時代からあった。「天水桶《てんすいおけ》」である。またお寺の本堂などには、屋根に降る雨を集める銅の大きな「水盤」などがある。東京のビルや住宅は屋根に降った雨を貯められないか。

一軒でバケツ一杯雨をためても、積もれば大量になり、下水道への負荷は軽減されるであろう。無用な舗装をやめ、公園や庭、寺や神社の境内はできるだけ雨のしみ込む土の地面にする方がいい。小学校の校庭は特に子供が自然と親しむよう、芝とかビオトープ、せめて雨水浸透型にしたいものである。

こうしたことは二〇年前から話し合われていて、私たちは地下水である井戸の保全と活用に地域で取り組んできた。たとえば両国国技館は屋根に降る雨をためてトイレの洗浄などに用いている。墨田区庁舎ではトイレに雨水を利用することによって、年間二百万円の水道代を節約している。一石二鳥、これこそ環境時代の生活様式だろう。

小金井市などは野川の流量を増すためにも自治体が率先して各家庭に「雨水浸透ます」の設置を呼びかけている。国土交通省も昨二〇〇七年、「都市における安全の観点からの雨水貯留浸透の推進について」という通達を出した。残念ながら、今回の豊島、文京区では下水道の見直し、雨水利用への転換が遅れていると言わざるをえない。

おりしも六日、先進区の墨田区で、「雨水ネットワーク会議」が設立された。この問題に関心を持つ自治体担当者、研究者、市民、そして環境新ビジネスの企業も集まった。仕掛人の村瀬誠さんは本所保健所の職員だったが、雨で低地があふれるとき、排水の汚物まであふれることから、衛生面で合流方式に疑問をもったという。今では雨水利用で博士号も取り、国際的にも「ミスター・レインウォーター」として知られる。

また基調講演で河川工学の高橋裕・東大名誉教授は「気候変動によって、ますます都市型豪雨は起きやすくなっており、その際、雨を走らせず、歩かせ、遊ばせ、その力を和らげることを目標としたい」と語った。

濁流で命を失った地下作業員の方々の冥福を祈るとともに、このような事故が再び起きないためには、雨水と排水を分けること、雨水は大地に浸み込ますこと、溜めて使うこと、すなわち都市の水循環を改めて提案したい。

（080812）

読者カード

みすず書房の本をご愛読いただき，まことにありがとうございます．

お求めいただいた書籍タイトル

ご購入書店は

・新刊をご案内する「パブリッシャーズ・レビュー　みすず書房の本棚」（年4
3月・6月・9月・12月刊，無料）をご希望の方にお送りいたします．

（希望する／希望しない

★ご希望の方は下の「ご住所」欄も必ず記入してくださ

・「みすず書房図書目録」最新版をご希望の方にお送りいたします．

（希望する／希望しない

★ご希望の方は下の「ご住所」欄も必ず記入してくださ

・新刊・イベントなどをご案内する「みすず書房ニュースレター」（Eメール配
月2回）をご希望の方にお送りいたします．

（配信を希望する／希望しない

★ご希望の方は下の「Eメール」欄も必ず記入してくださ

・よろしければご関心のジャンルをお知らせください．
（哲学・思想／宗教／心理／社会科学／社会ノンフィクション／
教育／歴史／文学／芸術／自然科学／医学）

（ふりがな） お名前 様	〒
ご住所　都・道・府・県　市・区・郡	
電話　（　　　）	
Eメール	

ご記入いただいた個人情報は正当な目的のためにのみ使用いたしま

ありがとうございました．みすず書房ウェブサイト http://www.msz.co.jp では
刊行書の詳細な書誌とともに，新刊，近刊，復刊，イベントなどさまざまな
ご案内を掲載しています．ご注文・問い合わせにもぜひご利用ください．

郵便はがき

料金受取人払郵便

本郷支店承認

3967

差出有効期間
平成25年3月
1日まで

113-8790

東京都文京区
本郷5丁目32番21号

505

みすず書房営業部
行

通信欄

(ご意見・ご感想などお寄せください．小社ウェブサイトでご紹介させていただく場合がございます．あらかじめご了承ください．)

赤塚不二夫氏に哀悼を捧げる漫画私史

赤塚不二夫さんがなくなったのは八月の二日で、ほぼ一ヶ月前になる。それからたくさんの追悼記事が出たが、ひとつも悪口がない。個人的なつきあいのあるタモリさんはじめ、みんな赤塚さんがやさしい、おもしろい、たのしい、なつかしい人だったことを語っている。そんな人はそういるもんではない。私自身、写真家のアラーキーとおいしい冬瓜《とうがん》のスープを味わっていたとき、彼が「ああ、赤塚不二夫さんに飲ませてあげたいな」と言ったのを聞いたことがある。そんな風に気になる、思い出す人だったのだ。

赤塚さんは作詞家の阿久悠さんとならんで戦後日本の大衆文化のヒーローだった。ところが追悼記事を書いた記者が男性ばかりなのか、「おそ松くん」「天才バカボン」には言及しているが「ひみつのアッコちゃん」がかすみがちなのが残念だ（日経3日など）。

アッコちゃんだよねえ、というと三十代の女性編集者は「もうテレビで夢中になりました」というのでまた違和感を覚えた。私の読んだアッコちゃんは一九六二年からの雑誌『りぼん』の連載だ。そしたら自分の漫画史についてとめどなく考えて、ぼんやりとしてしまった。

育った長屋の隣に三人兄弟がいて、私は彼らに借りて『冒険王』『少年サンデー』に読みふけった。『サンデー』に「おそ松くん」が載っていて、それも毎週読んだ。ちなみに小学館『少年サンデー』創刊は一九五九年三月十七日、表紙は長嶋茂雄。ライバル講談社も同日、『少年マガジン』を創刊、こちらの表紙は人気力士の朝潮というのがおもしろい。朝潮といっても今の若者は知らないだろうが、大鵬・柏戸より少し前に活躍した横綱で、その名の通り浅黒くてやせていて背毛が濃かった。『マガジン』はその通り、〝泥臭さと社会性〟を編集方針にしたそうで、のちに「巨人の星」「あしたのジョー」「ゲゲゲの鬼太郎」そして赤塚さんの「天才バカボン」で一五〇万部を超した。一方の『サンデー』は都会的でさっぱりしていたが、ちょっと濃さが足りなかったようで部数ではトップになったことがない。

「おそ松くん」の一番印象的なキャラクターはおフランス帰りのイヤミ。「ミーはちょっと眠たいザンス、うひょー」なんていってたけれど、このキャラクターと歌謡番組の司会をしていたトニー谷のそろばん鳴らしながらの「あなたのお名前なんてエの」が私の中では重なっている。

さて、アッコちゃんが連載された『りぼん』はうちでは取ってもらえず、坂の上に住む友だちのユミちゃんちで読みふけった。テレビアニメとはかなり違う。タイトルからして「秘密のアッコちゃん」だし、本名は鏡厚子（アニメは加賀美あつ子）、お父さんは豪華客船の船長（アニメではニュースキャスター、カメラマン）、お母さんは専業主婦（アニメではアーティスト）、テレビ化は六九〜、八八〜、九九〜と三回で時代が変わってしまったこともあろう。原作とアニメでは絵もてんで違う。

とにかくアッコが魔法の手鏡に「テクマクマヤコン、シンデレラになーれ」とかいうとなんにでも変身できるというのはすてきに魅力的であった。当時八歳の私はアッコちゃんごっこに夢中になった。もとに戻るときは「ラミパス、ラミパス、ルルルルル」というのである。アッコちゃんは白い半袖ブラウスにスカート、はやりのヘヤバンドにお下げ、やたら目が大きい。泣き虫で正義感のつよい女の子でいじめっ子をやっつける。歌手の和田アキ子にすぐ「アッコちゃん」のあだ名が定着したのは、彼女のボーイッシュなつよさが漫画と重なったからではないだろうか。

同じ頃、テレビでは松山容子主演『琴姫七変化』に夢中だった。十一代将軍家斉の娘が男装して各地を遍歴、悪いやつを懲らしめるという女版水戸黄門なのだが、さいごはかんざしをつけて豪華なお姫様になる。変身ものと勧善懲悪はアッコちゃんもそっくりだった（琴姫の再放送を望む）。男装と言えば思い出すのが『少女フレンド』掲載の「リボンの騎士」。手塚治虫の原作。亜麻色の髪のサファイア王女が男の心を持ち、男装してこれまた悪いやつをやっつける話。当時女に生まれたことをのろっていた私にはあこがれの漫画だった。

さて少年雑誌『サンデー』と『マガジン』の少女版、『フレンド』と『マーガレット』が出たのはまさにアッコちゃんの連載が始まった一九六二〜六三年。創刊まもなく私はこちらに鞍替えしたのだが、もうそのころは漫画より、そこに載っている欧米各地の文化の方に魅せられた。セーヌ川、オランダの風車、エンパイアステートビル、バッキンガム宮殿、それらが毎週カラーグラビアで私を刺激した。ヒロインは、まだ若く美しかったイギリスのエリザベス女王と三十そこそこでアメリカのファーストレディになったジャクリーン・ケネディであった。あの二人があんな不幸にまき込まれるなんて夢にも思わなかった。

まだまだ、漫画カラスのヘッケルとジャッケルのこと、猫のフィリックスのこと、シャーリー・テンプルが案内役の世界昔話のようなテレビ番組のこと（誰か覚えている方はいませんか）、思い出すことは多いが紙幅が尽きた。まあ、たまにはむかしの話をしようよ。

（080831）

食は自衛も必要——自分の頭で考えて食べよう

汚染米問題はとうとう農水省事務次官から、新政権になる前の大臣辞任にまで発展した。農水省、厚労省、内閣府、業者などへの批判は新聞にお任せして、消費者として心すべきことを書いておきたい。

少しまえ、中身のうさんくさい冷凍餃子問題が発覚したとき、地域でも驚き、慌てる主婦は多かったが、私はピンとこなかった。冷凍食品というものを買わないからである。ひとつには餃子とか、ハンバーグのような作るのが簡単なものを冷凍で買うというのが信じられない。ハンバーグなんて合い挽き肉に塩と胡椒をふり、ざく切りのタマネギと玉子を入れてかき回し丸めればできるのである。わざわざ人様に作ってもらうには及ばない。

冷凍食品を保存したり解凍するのにも余分なエネルギーがかかるし、包装のゴミもでる。第一、冷凍食品てまずそうではないか。うちの冷凍庫を開けると氷とアイスクリーム、コーヒー豆や緑茶しかはいっていない。

汚染米のニュースにも驚いた。自動車だのテレビだのゲームだのを売る見返りに、豊芦原瑞穂の国が米を輸入しなくてはならないとはどう考えたっておかしい。自国で余っている米を無関税で一定量買えなんて言うウルグアイラウンドに弱腰なのは情けない。

そして自国の田んぼは減反にして、古米は途上国に援助であげたりするのでしょう？　それだけ無駄な輸送費をかけているということだ。心ならずも減反している農家にどう言い訳が立つのか。というか、私は半分、田舎で農業をしており、働かない方が補助金で儲かる、といった減反政策がどれほど農民のやる気と独立精神をスポイルしているか、身近に見ている。理のないことに加担するから今回のようなことが起こるのだ。

給食米も不思議。名古屋の浅井フーズが輸入した米が、三重のノノガキ穀販へ、さらに岐阜米穀卸へ、福井の幸池商店へ、京都の京山へ、さらに三回転売されて京都市の小学生の口にはいったのである。新聞によればライス・ロンダリング。ペーパーの上で転売すればするほど、疑惑の素性がわからなくなっている。

愛知では四五万食もカビ米給食が出たというが、だいたい給食に冷凍オムレツが出るなんて論外である。でんぷんを入れてプレーンオムレツとはこれいかに。これも何校かまとめて業者に給食を外注するセンター方式だからではないだろうか。以前、学校ごとに、地域の商店から素材を買い、校内で給食のおばさんおじさんが作っていた頃にはあり得ない話だ。

安全性さえ確かめられればセンター方式の方がコストが安いなどと親の反対を押し切って強行した行政、政治家の責任は重い。私の三人の子も公立で給食を食べて育ったが、この方式なら給食は拒否したい。近くに田畑はいくらでもあるのだから、日本の宝である子どもたちに、顔の見える安心な米や野菜を食べさせるのは行政の義務だ。

私は野菜は自然農法の自分の畑のもの、米は仲良しの農家のもの、魚は自分で釣ったり、信用している魚屋さんのものしか食べない。調味料も二〇年かけて探し、塩、味噌、醤油、油など信頼できる生産者に到達した。暇がない、金がないという人もいるだろうが、健康とどっちが大事だろう。まともな米は決して高くない。八回も転売されるうち、事故米もキロあたり三－九円が二五〇円に化けたわけだが、信頼できる友だちの作る米はせいぜい五キロ二千円くらいである。

その代わり私は服はほとんど買わない、化粧もしない、車も持たない、クーラーもつけない。国際分業が様々な面で崩れて来ている今日、食の安全どころか、食品そのものがなくなる日も来るだろう。このていたらくでは国なんて国民を守ってくれるはずはない。

今年の初夏、私は里山の竹の子を飽きるほど食べた。だけど日本人の食べている竹の子の九〇パーセントは外国産だという。おっどろいたなあ。こんなうんざりするほどとれるのに。

「あなたには流通というものがわかってない」といわれそうだが、そんなものにとらわれるから新鮮で安全でおいしい食べ物が食べられないのだ。

（080926）

東京をどうするか、二つの道

十月十三日の日経朝刊「インタビュー　領空侵犯」で、アジア経済研究所長の白石隆氏が「大都市圏を丸ごと特区に」と主張しておられる。東京を含む九都府県を「世界から高い技能を持つ労働者や専門家を呼び込み、ＩＴ（情報技術）のような高付加価値の産業を振興する」特区とせよというのである。

人材争奪戦のため「容積率の緩和などで広い住宅の供給を増やす」ことや、ハーバード大学やケンブリッジ大学などへの「進学を視野に入れたカリキュラムを組む学校を設ける」必要があるという。

私は反対だ。具体的な図面もない抽象的な話で、東京の多くを占める中小企業の勤労者、学生、母子家庭、フリーター、商店や町工場、職人のことなんか視野に入っていないかのような話である。

こういう議論はバブルのときもよく聞いた。隣の県、隣の市との競争に負けるぞという脅しである。いまはドバイやシンガポールに負けるぞ、というのだ。でも、大手ゼネコンの副社長ですら、ドバイに行ったが退屈で三日と居られなかった、と私に話してくれたし、友人の農学者もシンガポールは清潔だが面白みのない町だ、という。

超高層の林立する、暮らしの見えない町になって人はしあわせになるのかしら。特区で大都市圏にまたぞろお金をつぎ込むのは格差助長につながらないか。農業や漁業で食べられない人々、老人ばかりの限界集落にこそ、ばらまきでない経済支援が必要なのではないか。

十二日読売朝刊では、銀座の資生堂名誉会長の福原義春さんが「フランスから招いた雑誌の編集者は「東京はなんと人間サイズの街なのか」と感嘆していました。事務所の隣に理髪店、さらに書店と飽きさせない。人間の感情を具体的に見せてくれる街だというのです」と語っている。

私にはこの東京論の方がよほどしっくり来る。銀座は一八七二年の東京府による銀座レンガ街計画にはじまり、一三五年かけて熟成してきた街。私も大学卒業後に銀座でＯＬをしていたから、いまも横町の隅々まで知っている。表は間口の大きくない個人商店がそのままビルになり、様々な表情を見せている。余りごちゃごちゃしてないのは、前面がでこぼこせず高さもそろっていること、長い時間かけての不文律のようなものが色やデザインに品格を与えているからであろう。

銀座を取材すると慶應出身の社長さんが多い。慶應は大学野球で優勝すると銀座に繰り出すらしいが、この町には「福沢先生の息のかかったものども」（北林谷栄さんの言葉）の心意気のようなものが嫌みでなく、排他的でなく、生きているように感じられる。そして横町や路地に魅力があり、いまも昔ふうのバーや中華料理店、銭湯まである。

世界から人が引きつけられて来るとしたら、超高層ビルや超エリート校のおかげではなく、その国の文化や歴史がにじみだすところ、人々の暮らしが見えるところに、であろう。

銀座、浅草、神楽坂、神保町からわが谷根千にいたるまでそんな町である。高付加価値の産業に勤めに来る外国人ならますます、昼はＩＴでお疲れなのだから、プライベートくらい日本文化や人情に触れられる、ほっとする町に住みたいであろう。

谷根千界隈にはそうしたビジネスマンも多く住んでいて、町のみんなとなかよくやっている。彼らは帰国後、日本のことをけっして悪く言わないだろうというぐらいの自負は私にはある。どころか来日するたびに立ち寄ってくれる。

同じ記事によると、東京都は二〇〇三年に「東京が世界的な文化都市だと思うか」という調査をした。「思わない」と答えた人は五〇・六パーセント。「そう思う」の二九・七パーセントを大幅に上回る。面白いのは、「思う」理由のうち「歴史的な建造物が数多く保存されている」が三六・四パーセント。「思わない」理由の五〇・五パーセントも「歴史的建造物が保存されていない」なのである。

つまり、みな歴史的建造物の保存が世界的な文化都市の必須要件と考えていることがわかる。それなのに、日比谷の美しいガレリアのある三信ビルもこわされてしまったし、東京駅前の中央郵便局も壊されかけている。吉田鉄郎設計の、このモダニズムの傑作については広範な市民の保存運動も起こっており、文化庁は重要文化財に値するものとの所感を発表している。建築学会、建築家協会などから保存要望書も出ている。

しかし以前、新聞で、竹中平蔵・元経済財政政策担当大臣が「丸ビルや新丸ビルには高層化を許しておいて、中央郵便局は保存せよというのはおかしい」と発言している。そうではない、丸ビルだって保存運動はあったのに、開発側に押し切られてしまったのである。

しかも丸ビルは私企業の持ち物であるが、郵便局は駅と同様、公共性の高いものであるし、東京の駅前の顔である。東京駅もいまは当初の形に復元中、三菱地所は英人ジョサイア・コンドル設計の三菱一号館を復元建築中。その近くにある、これだけ歴史的価値のはっきりしているものを壊すのは理がない。郵政民営化とは何だったのかが問われることになる。

今あるものを大事にする、というのが環境時代の世界戦略だと思う。

（0810）

「二地域居住」を楽しむには

このところ新聞で「二地域居住」という言葉を時々見かけるようになった（読売8月26日、朝日10月11日など）。これは「別荘暮らし」とどうちがうのか？

別荘は富裕層、インテリ層が自然の中に家を建て、思索や休息をするところといったイメージで、彼らは特権視されるのを恐れてか、著作物などでも遠慮がちに「私の山小屋」と称したりしていた。これに対して、二地域居住は二〇〇七年に大量に定年を迎えた団塊世代の第二の人生の過ごし方とリンクされる。

定年を迎えて一番したいことは、のアンケートで一位は農のある暮らし。都会のビルのオフィスへ長年通勤していた人も多く、その気持ちはよくわかる。

彼らが住みたいのは別荘ではなく、むしろ農園である。別荘族の社交ではなく、土地の人との野菜のやりとりや山菜のおすそわけなどふれあいも求めているらしい。考えも現実的で、年金の範囲内で安く家を借り、交通費や滞在費も計算する。二地域居住には週末を利用して頻繁に行き来する方式と、夏をすずしい釧路で三ヶ月過ごす、花粉症のない沖縄で二月から四月まで過ごす、といった長期滞在型がある。

もちろんスペインやタイなど、海外の安全で、より物価の安い国に二地域居住を試みる人も多いが、安全とされたタイで政変やデモ騒ぎが報じられたり、オイルが上がって飛行機代が高くなったり、言葉が通じないもどかしさもあって、日本国内の方が人気が高い。

そういう需要を政府も後押しして、国土交通省は二地域居住、総務省はマルチハビテーション、農水省はデュアルライフなどと相変わらず用語まで縦割りで、そう名づけられると急に鼻白むが、もちろん内需拡大ももくろまれている。もちろん、むかえる山村部からも「地方経済の活性化期待」と熱いまなざしが寄せられている。

私は父祖の地、宮城県丸森町に町のクラインガルテンを月三万円で借りて二年になる。別荘などはとても手が出なかった。一五〇平米の畑に四〇平米ほどの木造の作業小屋で、一人で滞在するには十分な広さ。月に一回、一週間ほど滞在し、読書や執筆の合間に畑仕事をたのしんでいる。水はおいしいし、空気もうまい。星は降るようで、とれたての人参や牛蒡《ごぼう》は甘い。友だちもできて近くの温泉に車で連れて行ってもらうこともある。

だけど省庁や自治体がいうほどいいことばかりではない。たとえば往復に新幹線を使い交通費が二万円近くかかる。車がないと、地下鉄もバスもないから歩く範囲しか行けない。物価は意外に高い。スーパーの安売りもないから、よろず屋で買い物をしたらサケの缶詰一個と牛乳一リットルで六三〇円もした。

ほとんどいなくても町に払う上下水道代二一〇〇円、プロパンガス代一八〇〇円、冷蔵庫の電気代千円ほど、維持費はばっちりかかる。長期滞在の場合、都市部の留守宅の維持費が十万円かかるとの試算もある。

人付き合いも慣れるまでは大変だ。都会の人のように忙しくないので、約束なしで突然来客があり、上がり込んで数時間茶飲み話をしていく。クラインガルテンは町外者のための滞在施設なのでまだ人間関係はさっぱりしているが、村の中に土地を買ったり借りたりすると、どぶ掃除や山の雑草刈り、ゴミの集積所の掃除など共同体の仕事、集落の寄り合いや祭りなど「契約」とか「結《ゆい》」といわれるものにも参加するのは当然とされる。

娯楽が少ない田舎では、新参者は詮索やうわさ話の対象になりやすい。集落が排他的でなかなか仲間に入れてもらえない、という悩みも聞く。

観光業者、不動産業者、雑誌やテレビの夢のような話に乗る前に、そのへんはよく考え、体験してから決めた方がいい。いちばん大切なのは一人で楽しむことができるか、一人ですることがあるか、である。それができれば田園生活は別の視座を与えてくれ、発見の多い暮らしとなるだろう。
でもなあ、日本にはひとつのまともな居場所も持てないネットカフェ難民もいるというのに、なんと贅沢なことだろう、と我ながら思う。

（081112）

ダムはもう要らないかも

九月の日本経済新聞に「川辺川ダム　熊本知事「反対」」。これはすごかった。球磨川水系、「五木の子守唄」で知られる熊本県五木村に、「八〇年に一度の洪水に備える」ダム計画が持ち上がって四二年、すでに住民は新しい土地に移住し、水没地区は草ぼうぼう。しかし東大教授から転身した蒲島郁夫知事は「球磨川こそが守るべき宝」として国に白紙撤回を求めた。すでに完成したダムの満水時の放流などで、洪水を防ぐどころか、浸水被害を拡大した例が多く、治水効果が疑わしいと住民が感じていることが知事の背を押した。すでに十知事による研究会では、輪中堤《わじゅうてい》、森林づくり、住宅のかさ上げなど「ダムに頼らない治水」をめざし、河川管理者である国土交通省にもその対策を求めている（読売9月18日）。

九月十五日、東大で開かれた「八ツ場《やんば》から地域の再生を考える」（八ッ場あしたの会主催）

のシンポジウムには二百人が出席。「無駄な公共事業の西の横綱」といわれた川辺川ダムに続き、「東の横綱」八ッ場ダムの白紙撤回を訴えた（東京9月17日）。

このダムは一九五二年に計画が浮上し、八六年に閣議決定された、利根川下流域の治水と首都圏の水源確保を目的とする多目的ダムである。当初、地元、群馬県長野原町の住民の反対はつよかった。しかし福田、中曽根、小渕、三人の自民党の首相経験者の地盤だけあって反対を押し切り、ずり上がり方式という現地生活再建で住民と合意、九四年に周辺工事がはじまったが、ダム本体は未着工である。

その間、水源など上流の森林が育って保水力を高め、治水上の必要性も小さくなり、九〇年代からは首都圏の水需要は工場の移転や漏水対策、節水などで減少し、「いまは水はあまっている状態」という。しかも四六〇〇億円といわれる総事業費は、道路工事の遅れや借金の利子で九千億にふくれあがるとみられ、「都民の負担は新銀行東京よりはるかに多い」。そこで、住民からは各都県を相手に公金支出などをめぐる訴訟が起きている。

そのようなことを、われわれ当事者である都県民はあまり知らない。私は文化財保存の立場からも、国の名勝、緑ゆたかな吾妻《あがつま》渓谷の向こうににょっきりダムサイトが見えてしまうこと、国の天然記念物「川原湯《かわらゆ》岩脈」も水没してしまうことも含め、このダムは問題が多いと考える。

住民は代替地での温泉旅館などの生業が立ち行くのかも不安がっている。代替地は川原湯地区では最高一坪一七万円！　もして、しかも盛り土の部分で安全性に問題があり、安心して移転できない状態で、現地に残りたいという住民はどんどん減っていく。

中流域に水をせき止めることは、川の環境悪化をもたらす。森と川と海は一体のものであり、河口のアサリや魚の漁にも影響する。そして、熊本の荒瀬川ダムのように老朽化すれば撤去するのにも七二億円など膨大な費用がかかるのだ。予算消化のために事業を継続したり、公共事業でどうにか経済をまわすような時代はもう終わったのではないか。「なぜ国は舵を切れないのか」と、先のシンポジウムで神野《じんの》直彦東大教授（財政学）は追及した。

十一月十二日、今度は淀川水系の大戸川《だいどがわ》ダムに大阪、京都、滋賀、三重の四府県知事が反対を表明。地元負担金も財政難で支出しきれず、既存ダムなどの運用を工夫する現実的な治水策を環境学者の嘉田由紀子・滋賀県知事などが中心にまとめた。

河川行政は地元に分権を、と知事たちは訴え、国土交通省牙城である地方整備局の統廃合を主張する。日本では一度決まった計画は何十年もずるずると引き延ばされ、地元の生活と人間関係を破壊し、どこまでも税金による出費はふくらんでいく。

八ッ場ダムは五六年前に出た計画だ。時代の変化に追いついていない。「時のアセスメント」に従い、いさぎよく中止に「舵を切る」時なのではなかろうか。五五年もふるさとを翻弄されつづけた住民に謝り、ただちに町作りならぬ〝町づくろい〟にかかる時なのではないだろうか。群馬県知事の決断が注目される。

（081205）

「疑わしきは罰せず」じゃなかったの？

私は「地方の時代映像祭」コンクールの審査委員長をしている。これは長洲《ながす》一二《かずじ》神奈川県知事の「地方の時代」の提唱とともに川崎ではじまり、今年二八回目を迎えた。地方の民放局やＮＨＫの地方局から毎年、力作の応募があり、審査が楽しみだが、このところ冤罪事件を扱った番組の応募が増えている。

昨二〇〇七年は鹿児島の「志布志《しぶし》事件」を取り上げた番組が二本あった。知られているように、この事件は二〇〇三年四月に行われた鹿児島県議会議員選挙の際、志布志町で、買収にかかわったとして候補者（当選）らのほか十一人の住民が、公職選挙法違反容疑で逮捕され、起訴されたというものだ。

候補者はじめ住民にはアリバイがあった。裁判でみな無罪となったが、三年七ヶ月にわたる裁判の間に心痛で亡くなった被告住民もおり、集落の名誉はいまだ回復されていない。

鹿児島県警内部の出世競争も絡んでの強引な捜査が問題となった。親の名前を書いた紙を踏ませるとか、執拗で長時間の尋問に耐えかねて「自白」してしまった住民もいた。そして長い苦痛のあとに無罪を勝ち取ったものの、警察からも検察からも被告への謝罪はなく、県警は担当者を異動させただけで責任も取らなかった。住民は納得していない（MBC南日本放送「埋まらない空白〜志布志事件・捜査の闇」優秀賞）。

志布志の場合はまだ、住民たち相互の支え合いもあったからいい。富山では二〇〇二年四月、柳原浩さんというタクシーの運転手が強姦・同未遂事件の容疑者として逮捕された。アリバイもあり、現場の足跡と靴の大きさも違うなど、とうてい立件できそうになかったが、自白を強要され、それを証拠としてむりやり起訴された。

ところが、刑（懲役三年）が確定して服役をすませたあと、別の事件で逮捕されていた容疑者が、じつは富山の強姦は自分がやったと自供したのである。それによって柳原さんは一転無罪となったが、再審裁判で無罪を言い渡すのに裁判長は「元被告」という言葉を用い、また捜査にかかわった警察官の証人尋問請求も却下した。

服役や精神的苦痛に対する補償も十分とは言えず、ここでも責任はうやむやにされた。この富山冤罪事件を扱った番組も映画祭で見ることができた。

今年は「黒と白〜自白・名張毒ぶどう酒事件の闇」という東海テレビ放送の作品が優秀賞となった。

これは一九六一年、三重県名張市の公民館で開かれた住民懇親会で、出されたぶどう酒を飲んだ女性五人が亡くなった事件である。ほとんど物的証拠がなく、脅迫的な捜査によって自白させられ逮捕された奥西勝《まさる》さんは、一審で無罪となったものの、二審・名古屋高裁で一転死刑判決を受け、最高裁で確定した。事件から四七年たった今も服役中で八十二歳になる。

その後、科学調査が進み、唯一の物的証拠とされるビンの王冠をあけた歯形は被疑者のものと一致せず、また白ワインに入れたと自白された毒物は赤い、など不審な点が多く、冤罪の可能性が高いといわれる。二〇〇五年、名古屋高裁が再審開始決定をしたものの、二〇〇六年十二月、同じ名古屋高裁の別の部の裁判長が検察の異議を入れて、再審を却下してしまった。

読売新聞は、「死刑」と題する続き物の中で、「帝銀事件の平沢貞通死刑囚（当時95歳）が一九八七年に獄死して以降、執行されないまま死亡した死刑囚は富山（常喜）死刑囚を含め七人。このうち四人は七十歳以上で、十年以上拘置され、病死している」と記している（10月10日付）。帝銀事件も冤罪である可能性が高いといわれている。松本清張はじめこの事件を扱ったノンフィクションや小説も多い。
いまもマルヨ無線事件、ピアノ騒音殺人事件、袴田事件、連続企業爆破事件など、社会が忘れかけている古い事件で、被告たちは気の遠くなるほど長い、望みの少ない再審請求の戦いを続けている。もしこれが冤罪であったらどうなるのか。

痴漢冤罪の存在は、周防《すお》正行監督の映画『それでもボクはやってない』で周知された。いつ、普通の市民が、痴漢冤罪の犠牲者になるかわからないということを示した。いや、普通の市民であってもいつ、選挙違反や強姦や殺人の疑いをかけられ捕まるかわからない。そして仕事も市民としての名誉も剝奪されかねない。人ごとではないとおもう。
痴漢冤罪では、駅員室に連れて行かれたらほとんど警察が来て逮捕、九九パーセント有罪になるので、「連れて行かれる前にスキを見て逃げるのが一番いい方法だ」という弁護士もいるくらいだ。どんな事件についても、せめてできるセーフティーネットは、自分の人格を信じてくれる友だちを多く作っておくこと、捕まったら早く有能な弁護士に連絡をとり、どんなひどい訊問を受けても、やってもいないことは自白しないことですね。

十月三十一日には、横浜事件の再審開始が決定した。

戦時中の治安維持法下で、「共産党を再建するための会合であった」という事件そのものも特高警察によるでっちあげであり、拷問が行われ四人が獄死、三〇人に有罪判決がでている。第四次の再審請求に横浜地裁がこたえ、再審のみちが開けた。

しかし、名誉回復すべき被告のほとんどは亡くなり、闘うのは遺族である。強要された自白は証拠として採用しないことを憲法は述べている。再審への道はもっと早く広く開かれていい。無罪となったら警察や検察はすみやかに謝罪し、責任を取るべきではないだろうか。

今年十一月、こうした作品を月一回見て討論するドキュメンタリー酒場が東京・阿佐ヶ谷にできた。来年も、地方の人々が受ける苦しみと向き合ったドキュメンタリーを、たくさん見たいと思っている。

（081227）

p.s. 「名張毒ぶどう酒事件」についてはその後、弁護側が第七次の再審請求を出したが、今年二〇一二年五月二十五日、名古屋高裁は再審請求を棄却、死刑執行停止の決定も取り消した。弁護側は最高裁に特別抗告の申し立てを提出した。奥西さんは現在八十六歳である。

派遣社員でなく職人になりませんか

ひどく気の重い年の幕開けであった。年末から年始にかけての新聞の話題は、なんと言っても東京・日比谷公園の「年越し派遣村」である。

厚生労働省の前に陣取ったところといい、マスコミの活用の仕方といい、だんだん増えてきた元派遣労働者らに、厚労省の講堂を使えるよう交渉したり、東京都も宿泊所を確保せざるをえないところに追いつめたり、とかなり政治手腕のある実行委員会であった。

わが家族は上野の山一つ越えた山谷《さんや》の越冬闘争の方に参加して、こちらも大変だったが、長らくどやに生きる人々の厳冬は、派遣という話題性の前にかすんだきらいがある。

もちろん生活保護ぎりぎりレベルの人々を、まず申請して生存権を確保することは重要だが、大事なことは彼らの生活再建と自立支援であろう。それも政治家のように思いつきのように何億円とかマスで予算を組むのではなく、ひとりひとりの希望と可能性にあった再建プランが必要だ。われわれ誰にでも、憲法で職業選択の自由が保障されているのだから。大衆演劇の劇団が、元派遣労働者に「劇団員になりませんか」と呼びかけた、と新聞で読んだ。やってみたい人にはいいプランだ。

私は大学教員として三年間、卒業生を送り出してきた。勤めていた大学は、いわゆる偏差値上位校ではなかったから、学生たちは就職戦線で苦戦を強いられ、毎年、胃が痛くなる思いがした。やはり大企業の多くには、先輩の引きや、大学名による差別が厳然とある。私自身、男女雇用機会均等法以前の、しかも就職氷河期の女子大生だったから、何十履歴書を送ってもすべてむなしく送り返されてきて、だんだん自信をなくし、「こんな私を採ってくれるところなどあるわけない」と自分を責めた過去がある。今の学生、フリーター、派遣社員の気持ちは人ごとではない。

結局、学生たちはアルバイトしていた外食産業の「名ばかり店長」になったり、人材派遣会社の嘱託になったり、旅行会社の添乗員になったがきつすぎて辞めたり、と実に不安定な就職を強いられる。雇うときは持ち上げ、甘いことをいうが、切るときは実に冷たい。小さくても人を大事にする会社を見抜く力もほしい。

そんななかで、大学をやめて料理人になった学生がいた。親が行けというからいやいや大学へ入ったが、もともと本を読んで勉強するのは嫌いだという。私は勤めていた大学には悪いが、料理人への道をすすめた。

同じように犬のトリマーになりたい、ヘアデザイナーになりたい、カメラマンになりたい、ミュージシャンになりたい、という学生もいて、おのおのその道をすすんでいる。好きなことならがんばりもきく。

私の息子も野球がやりたくて大学にはいったが、その後、大学をやめて数年修業し、いまは文化財建造物を修復する工務店で宮大工の駆け出しである。仕事はきついが、手の仕事のおもしろさ、腕を磨く喜びに、顔がひきしまり、目の色が変わってきた。

いま、大学全入といわれる時代、新卒で就職ができたとしても、いったんやめると、さほどの資格も技術もなければ、あとは派遣かアルバイトくらいしかない。大学へ行けなかった親たちは「子どもだけは大学を出したい」というが、それだけでは子どもの未来を考えたことにはならない。時には退学、進路変更の勇気を後押しすることも必要だ。

一方、日本はずっと、ものづくりを賃金の安い外国に移転させて、国を空洞化させてきた。残ったのはサービス業と流通業くらいである。

もういちど手の仕事を取り戻したい。いちずな手の仕事への尊敬を持とう。体を動かし、汗をかく楽しみを知ろう。

たとえば大工になる職業訓練校は大学、専門学校、高校でも探せばあるし、国土交通省支援の財団法人住宅産業研修財団の大工育成塾もある。そういう授業料が払えないのなら、親方にせがんで弟子入りしてもいい。徒弟制は大学などよりよほどモノを覚えるシステムだと思っている。

私は四半世紀、職人の聞き書きを続けているが、後継者を求めている人も多い。ただ、その多種多様な仕事が、若い人たちになかなか見えづらいだけなのだ。なりたい人をその道に導く相談、情報照会の中間機関も必要だろう。

派遣社員をやめて、職人になりませんか。

(090118)

「かんぽの宿」は地元に譲ろう

もう三〇年も前、出版社に入った私は箱根や軽井沢にある出版健康保険組合の保養施設に泊まってうきうきした。「すごく立派で、しかも安いんだ」

そのとき、歯科医の父が真面目な顔でこう言った。「健保は医療が本業で、保養施設なんかに金を使うのは邪道だ」

ずっとあとになって、旧厚生省と年金福祉事業団が、国民の積み立てた年金の保険料で「グリーンピア」なる贅沢な保養施設を作りながら大赤字を出し、うんと安く売却したことが問題になった。「お父さんは正しかった」と思ったものである。

「年金が本業で、保養施設に金を使うのは邪道」である。仕事で全国を回ると、超安値で地元自治体に払い下げられたグリーンピアの残骸を見るが、国民の金を無駄遣いした、見通しの甘い厚労省の役人は名前も公表されていないし、責任も取っていない。

「かんぽの宿」も似たようなものである。大切な簡易保険料なのに、どうしてこんな邪道な使い方をしたのだろうか。

とはいえ、幼児三人連れで、お金のない母子家庭の時代には助かる安い宿だった。何度か泊まったことがある。しかし、何もマーケティング・リサーチがされてない感じ。景色のいい高台などにあるが、とにかく交通が不便だ。

夕食後、町に出ようと思ってもタクシーを頼まなくてはならない。不必要に広く、長い廊下は湯冷めがしそう。食堂までは遠い、遠い。食事には何の工夫もなく、職員はお役人で人情がなく、ユウズウも利かない。だから少し家計に余裕がでてきたら利用しなくなった。

聞けば「かんぽの宿」の中には、地元自治体や郵政族議員の誘致でできたところもあるというし、どうも利用者の立場にたった施設ではなかったような。

でも赤字だからといって、改善努力もせずに、二四〇〇億円かけて作った役人の責任も問わずに、民営化したからといって、すぐ原価の二四分の一の一〇九億円で民間にまるごと売却(朝日1月30日)するとは。それも郵政民営化議論にトップがかかわったオリックスにというのは、あまりにも無責任ではないか。鳩山邦夫総務大臣は支持する政治家ではないが、今回は支持したい。

まず旧郵政省の責任ある人間の名前を、日本郵政が、彼らがしないならメディアが調査して明らかにし、国民に謝罪させるべきだろう。

二月一日付各紙によれば、日本郵政はすでに鳥取県岩美町のかんぽの宿をたった一万円の評価額で東京の不動産会社に売却し、その会社は六千万円で地元の社会福祉法人に転売したそうである。

売ったあとは知らないよ、ではすまされない。その宿を作るのにだって国民の保険料が何億、何十億も「流用」されたにちがいない。社会福祉法人は売った会社と連絡が取れないという。そんな幽霊会社が六千倍の利益を得るのに日本郵政は手を貸したことになる。

かんぽの宿は、国民が、国家の営む郵便局なら間違いはなかろうと信じてかけたなけなしの保険料で造った施設である。ならば、せめて地域の公共団体に戻したらどうか。

老朽化したり、地価が下がったりして、とうていかけた費用では売れないだろうが、それでもいい。まず地元自治体に安く買ってもらう。それが不調なら、地元の社会福祉法人やNPOの責任能力を調査し、どのように使うか、コンペなどして売却する。

若い家族のための安い宿泊施設、文部科学省も企画している都会児童のための農山村体験型宿泊施設、都会の住むところのない人のための一時避難施設、団塊の世代向けのセカンドハウス、障害を持つ人たちの作業所、もちろん老人ホームも……。いくらだって使い道はあるのになあ。

今回だって、はじめから岩美町の社会福祉法人に相場で買ってもらえばよかったのだ。競売みたいなマネーゲームのルートに載せては絶対いけない。


さて、以下は私自身に起こったことだが、日本郵政は無責任すぎる。七年前に子どものためにかけた養老保険が失効になったことが一昨年わかった。数ヶ月計四万円ほど払ったところで、なぜか失効である。

自動引き落としなので何年も気づかなかったが、郵便局は、通帳から引き落とせませんという通知はしたはずだと言い張る。ほかの保険はちゃんと引き落とされているので、それはおかしないいわけだ。

万が一そうだとしても、毎日すごい量の郵便物が来るので通知がまぎれたのかもしれない。それならなんで失効になる前に、電話などで連絡してくれなかったのか。保険に入れるときだけは何度も熱心に勧誘に来たくせに。

なぜ無効になったかの説明を本郷郵便局に求めたところ、五年以上前のことで資料がすでにない、貯金でなく保険ですから払い戻しはできません、の一点張り。四万円、私は損をしたことになる（まだ納得していないけど）。

いくつも保険に入れられたものの、忘れてたり、知らない間に無効になってたりする人は私のほかにもたくさんいるのではないか。簡易保険に関して、年金問題と同じようなことが起きてないか、心配である。

（090205）

トキは焼き鳥に？　はく製に？——東京中央郵便局

このところ、世の動きが恐ろしく速くなった。丸の内の東京中央郵便局の建物も保存部分を二倍にすることで、登録文化財への道が開け、「決着」を見そうである。

しかしこの間の動きが提起した問題は重い。経済的損失でカウントするのでなく、ことの本質を見てほしいと私は思う。

少し俯瞰してみよう。これほど近代建築の保存が注目されたことも、政治問題になったことも、それこそ「未曾有」のことではないか。私はこの四半世紀、上野の日本最古のコンサートホール「奏楽堂」、赤レンガの東京駅はじめ数々の近代建築の保存にかかわり、直接かかわれないときも注目してきた（興味のある方は拙著『東京遺産』岩波新書を参照）。

上に挙げた二つとも、一般にはさして興味を持たれず、街頭で署名活動を行っても、サインしてくれる人は少なかった。しかし保存運動が実り、二件とも国の重要文化財に指定された。運動がなければ、そして心ある当事者の英断がなければ、この「二羽のトキ」は焼き鳥になっていただろう（この鳩山総務大臣の比喩はあまり趣味がいいとは思えないけど、私たち保存運動家が思いもつかなかった率直さとユーモアがあるので使わせていただく）。

長かった高度成長期、そしてバブルの頃は、「ここも壊して高層ビルに」は経済界の強い圧力だった。私たちは「東京駅前、徒歩〇分のところに二階建てなんて効率が悪すぎる」「あなたたちは日本の内需拡大の邪魔をする人たちだ」とまで言われた経験がある。

いま、ＪＲ東日本は東京駅を会社の顔として、設計者辰野金吾の顕彰をし、一九一四年の当初の姿に復元する工事中。三菱地所はジョサイア・コンドル（辰野のお師匠さん）の設計した三菱一号館をいったん壊したのに復元中だ。隔世の感がある。

そのなかで、丸の内に数少なく残ったホンモノの近代建築、東京中央郵便局（以下「中郵」と略）を壊すというのは信じられない暴挙だ。私は昨年、すでに当欄の半年ほど前のコラム、〈東京をどうするか、二つの道（10月18日）〉でこの問題に触れているが（一三ページ以下）、その頃は大して反響もなかった。今頃になって新聞は連日この問題を報道している。

東京中央郵便局は一九三一年の竣工、設計者は東京帝国大学建築科を出て逓信省に勤めた吉田鉄郎である。施工は大倉土木（いまの大成建設）。戦前日本のモダニズムの代表例として機能も意匠も特段に優れていること、ドイツ語でも著書を著し海外でも評価が高い吉田鉄郎の作品として重要であること、東京駅前の風格ある景観を構成していることは言をまたない。

しかし東京駅の保存運動のさなか、四半世紀前から「中郵は危ない」とささやかれていた。ことに郵政民営化後、国民に正確に郵便を届ける任務より、会社としての採算が優先される懸念が生じた。

そこで日本建築家協会が一九九九年の時点で当時の郵政省、文化庁に保存要望書を出したのを皮切りに、二〇〇五年には日本建築学会が、またDOCOMOMO Japan（ドコモモ・ジャパン＝日本の近代建築百件を選定）といった権威ある研究団体が保存要望書を提出している。建築学会は異例の三回の要望書を送った。文化庁もこれを「重文指定を検討する価値がある」と表明した。二〇〇八年三月には「東京中央郵便局を重要文化財にする会」が発足、シンポジウムをはじめ、この問題の論議を活発にしてきた。

それなのに、開かれた十分な論議を尽くすことなく、日本郵政は中郵の再開発を強引に進めた。内部の委員会は公開されなかったが、多くの委員が全面保存を主張したことがいまでは明らかになっている。一部を保存するだけでいいだろうと、世論にタカをくっていたが、そうはいかなかった。

鳩山総務大臣が衆院総務委員会で「トキを焼き鳥にするのか」と待ったをかけたのは二月二十六日。ひとつの近代建築について「国家的損失」という表現が使われたのは初めてかもしれない（朝日2月27日）。

一方、日経はコラム「春秋」で三信ビル、交洵社ビル、同潤会アパートも姿を消してきた、中郵だけに「突如の偏愛」を示すのはどうか、と批判的だ。私としては、ここに挙げられた近代建築も、失われることは国家的損失だった、と言ってほしかったのだが。今回の報道は、「経済的損失――一日工事が遅れれば損をする」という日経、事実報道の読売、「文化的損失」派の朝日の主張がはっきり異なり、興味深かった。

工事の遅れによる損失計算、失速経済のもとでのテナント料の試算にはかなりの疑問がある。また耐震性に問題があるという論点だが、その調査が工事を請け負った大成建設によるものである以上、公平とはいえない。いままで丸ビルを始め、どれだけの名建築が耐震性を金科玉条に葬られてきたか。構造補強という手もあると専門家は言っている。

双方で妥協点を見つけそうな流れだが、私としてはいまだに重文指定をしてほしいと願っている。なぜなら重文は「指定」であって、国家の手厚い保護が期待されるし、以後も壊せない。一方、「登録文化財」は所有者や市民が身近な文化財としてボトムアップでレジスター（登録）するもので、保護はさして期待できず、絶対壊せないというものでもないからである。中郵には重文指定こそがよく似合う。

また、石原都知事は「文化財に指定されているなら」ともかく、「今になってその価値をうんぬんされても」と発言している（朝日3月10日）が、これは文化財保護についての見識を疑われるのではないか。文化庁・高塩次長の「指定されているいないにかかわらず、文化財として認識しております」という国会でのすっきりした答弁に完全に論破されていよう。

しかも、文化庁が何度か日本郵政に重文指定を打診したのに、同意しなかったことも明らかにされた。石原氏の望む東京オリンピックの実現にも、こうした近代建築は枢要な役割を果たす。外国の人は何もスポーツだけ見に来るわけではない。そのとき否応なく目に入る町のたたずまい、町をつつむ歴史の気配、町の人の親切などが印象を決め、遠来の客の敬意を得られるかどうかの勝負ではないですか。

私は、日韓共催のサッカー・ワールドカップ（二〇〇二年）を見に来た外国人グループに、東京・谷中から上野の寺や民家、商店街を案内して喜ばれ、驚かれた。「こんな古いものは京都にしかないものと思っていた。雑誌のグラビアで見る高層ビルばかりの東京と違う」。私自身NPOの調査で訪れたワシントンで、たまたまオールド・ポスト・オフィスが保存活用されているのを見てアメリカ人への敬意を感じた。そこには「古い建物は古い友だち」と書いてあった。

そう、建築史的意義だけではない。丸の内に八〇年近くたっていた中央郵便局はみんなの目底《まなそこ》にある「古い友だち」なのである。見慣れた親愛する建物が消えたとき心の中に穴があくだろう。それこそ精神的損失は大きすぎる。

（090320）

p.s.　その後、二〇一一年大阪でも同じく吉田哲郎設計の大阪中央郵便局の解体との報道に対し「大阪中央郵便局を守る会」が結成された。一方、再開発された東京のＪＰタワーを登録文化財に、という動きに対して、保存活動家たちは「本来の文化財としての価値を毀損している」と反対している。

おいしい英国旅行で考えた

ロンドンにいて、これから帰国しようと思っていたら、「あらたにす」の編集長丸山氏から「原稿はどうしましたか?」との電話。一日、うっかり締め切り日を間違えていた。申し訳ない。いま、空港行きのタクシーの中でこれを書いている。

二度目のイギリスはとてもおいしかった。

十年前、ナショナル・トラスト(National Trust = 歴史的建築物の保護を目的とした英国の団体)の仕組みや、地域の風景保全を学びに来たときは、なにを食べてもまずかったのに。この十年で「イギリスの味」は相当に改善されたと、長く在住する友人は言う。

それはさておき、どこに行っても、ちょっと前のG7での、中川前財務相のもうろう会見のことを聞かれた。ロンドンを走るタクシーの運転手もみな知っている。

「薬と酒を一緒に飲んでしまい、くらくらしたらしいよ」。そう庇《かば》ってみても、「そんなの嘘だ。政治家は嘘つきだからな」と笑って取り合わない。まさに〝世界的な恥〟を植えつけてしまったのではないか、と危惧している。

今回の訪英目的の一つは、たまたま誘っていただいて、蜷川幸雄演出、「NINAGAWA十二夜」のロンドン公演を見ること。シェイクスピアのよく知られている劇を翻案したものを、尾上菊之助、父の菊五郎はじめ歌舞伎役者たちが演ずる。

鏡を使った舞台装置は斬新だし、衣装はどこかエリザベス朝と似通い、少年たちは西洋古典の曲を歌うという〝東西融合〟ぶりである。

歌舞伎役者の所作や早替りが当地の観客を長時間、飽きさせなかった。ことに、王子と姫の二役を演じた菊之助のつややかな美しさ、そして気合の入った丁寧な演技はすばらしく、コミカルで達者な女形の市川亀治郎とともに賞賛に値しよう（三月二十八日バービカン・シアターにて）。

中川前財務相の件で、さんざ肩身の狭い思いをしていただけに、当地の人々が心から送る拍手を聞いてほこらしく、少し胸のつかえが下りた。

日本でも、経済危機の中で、雇用対策や医療・福祉などに優先的に予算を割くのは大事なことであろう。だが、一方で、文化予算が後回しにされがちなのは困ったことだ。

「十二夜」のロンドン公演で、日本と日本人への印象がどれほど良くなったかはわからない。それほど多くの人が見なかったとしても、小さな積み重ねが大事なのだ。

オバマ政権は文化と教育にしっかりと予算をつけると言明した。

ここイギリスでも雇用は悪化し、いたるところの住宅に“for sale”“to let”の看板だらけだが、相変わらず博物館はタダである。ナショナル・ギャラリー、ブリティッシュ・ミュージアム（大英博物館）、ヴィクトリア&アルバート・ミュージアム、テート・ブリテンなどを毎日すべてタダで見せてもらい、私はあちこちで何がしかの寄付をしてきた。

どこの博物館でも、車イスや、ベビーカーとともに来ている人たちを見かける。校外学習だろうか、若い集団もいる。先生がかなり長い説明をして、生徒たちは一生懸命ノートをとっている。

絵のそばには、「この絵が好きな人は、○○美術館のあの絵も好きでしょう」というおすすめや、来館者が書いた説明板もある。「ヴィクトリア朝の医者はしばしば患者をタダで往診し、薬代をポケットマネーで払ってやることもありました」と、医学史研究家が記していたりする。ボランティアによる解説も多い。

こういう「参加」の試みは日本でももっと行われていい。漱石の小説に出てくるジョゼフ・ターナーや、ラファエル前派のダンテ・ガブリエル・ロセッティやジョン・エヴァレット・ミレイを、私は心ゆくまで見た。

ずっと言われていることではあるが、お互いの文化を知ることで敬意と尊重する心が生まれる。

文化は、酔っぱらった政治家がする外交よりも、よほど平和に寄与するものであることを改めて確信した。

（090411）

草彅さん、目は大丈夫でした？

人気グループ「ＳＭＡＰ」の草彅剛さんが、飲み過ぎて服を脱いで捕まった事件は、大騒ぎするほどのことではない。人を害したわけではないのだし。昔、飲みすぎた若者はすぐ裸になってはしゃいで噴水に飛び込んだりしたものである。私が気になったのはまったく別のことであった。釈放後、さっそく神妙な背広姿で謝罪会見に臨んだ草彅さんに、メディアが浴びせたカメラのフラッシュやテレビカメラ用の照明である。うなだれると一斉にフラッシュ、目を上げるとまたフラッシュ、目を伏せるとまたまたフラッシュ。それらしい反省の表情を撮ろうというのか、おびただしい量のフラッシュが焚かれた。

政治家やタレントの記者会見ではおなじみの光景だ。不祥事の会見のみならず、結婚、離婚、新作発表、授賞式……なんでもフラッシュ。それがマスコミの注目度を表すからと、光が当たるのをよろこぶ人もいるだろうし、もう慣れっこになってしまった人もいる。

　でも異常なことではないかしら。私は困る。もともとフラッシュは好きではないが、三年前に「原田病」という体の中のメラニンがなくなる自己免疫疾患にかかり、失明の危機に遭遇した。

　なんでも百万人に五人しかかからない病気で、商店街の年末クジすらいつも「ハズレ」の私が、よりによって当たったのかはわからないが、原因は不明。大量のステロイドを投薬して失明はとりとめたものの、目の見え方は以前のようではない。メラニンは脳髄などにも多く、それが破壊されているからか耳鳴りと頭痛も絶えずある。

　そのうえ、やたらまぶしい。「天気のいい日は外に出るのが憂鬱」なんて、それまで考えてもみなかった。サングラスがはなせない。

　くわえて、光が当たるのが怖い。おしゃれのつもりか、裸電球をぶら下げている居酒屋なんてのもあるが、いまとなってはとんでもない。

　困るのは、講演や会議などで壇上に上がること。書く仕事の他に、まちづくりや市民運動にも関わっているから、そういう機会を完全に避けるわけにはいかない。

　小さい集会室の蛍光灯はまだしも、日本の、特にバブル期に鳴り物入りでできたホールは、壇上に上がったとたん強烈なライトで照らされる。こちらは別に歌手や俳優でもない。ただ話を聞いてもらうのになぜ、こんなにライトで照らされる必要があるのか、わからないし、そのうち頭痛やめまいが始まる。

講師の控え室でさえ、スイッチをオンにすると、いっぺんに何十もの蛍光灯がついて、部分照明にできない場合も多い。ものすごい電気の、そして税金の無駄ではないだろうか。

困るのは、公務員などの主催者がそれが当たり前と感じていることだ。先日も頭痛に耐えかねて、壇上を照らすライトを消してもらったが、それでも会場には蛍光灯もついており、参加者がメモを取ったりするのにまったく不都合はなかったのである。

そして私は同席した老教授に感謝された。「緑内障でつらかったのですが、あなたのように言い出す勇気がなくて……」。言いたくて言えずにいる緑内障、白内障の方たち、ともにまぶしすぎる照明に異議を唱えませんか?

いまは事前に、控え室や会場の照明具合を問い合わせ、ライトの強い会場でのお話やシンポジウムはお断りしている。

しかし伏兵がいる。参加者が勝手に写すカメラのフラッシュだ。瞬間的だが、かなり強い光だ。会場でカチッと光り、「やられた」という思いは腹立たしさ、口惜しさにかわる。最近は冒頭に一分間、病気の説明をして、フラッシュを焚くのをやめてもらっている。

私ほどの地味な物書きでも、「あ、モリマユミだ」なんて町で出会い頭にフラッシュを焚く人もいる。なんのために私を写真に撮りたいのだろう。それがよくわからない。

よほどのファンとか、並んだ写真を撮りたいという人は事前に了解を求めてくれるので、フラッシュなしならいいですよ、と言う余裕があるが、特に知り合いでもない人に、こともなげにケータイでカシャッとやられたり、いきなりフラッシュを焚かれたりすると、日本人もなんと礼節を欠くようになったものかと思う。辻斬りに近い行為だ。

それももしかして、全部とは言わないが、メディアが許可もなく人を写したり、フラッシュを焚いたりすることと関係しているのではないか。

一方、取材者としての私は、個人情報保護法の成立以降、この法律を盾に取材や写真撮影を拒否する方が多くて立ちすくむことが多いのであるが、それとこれとは別である。だからこそ取材者は被取材者への礼儀というものをつくさなければならない。

中央大学教授殺害事件で逮捕された容疑者が、富坂署から送検されるときも、「報道陣からフラッシュが次々とたかれる中」、終始うつむいていたという記事（読売5月23日）があり、事件報道といえばフラッシュは必要当然な小道具とされている。

目の弱い人にとって、フラッシュを浴びることは拷問に近い。だが、そうでない普通の人にとっても、決して目に良くないということをメディアの方たちに自覚してもらえないだろうか。

草彅さん、あんなにフラッシュやライトを浴びて、目は大丈夫でしたか？

（090528）

平成の二〇年間とわたし

うろ覚えだが、一九七〇年代の村上春樹の処女作『風の音を聞け』で、男と女の出会いは公衆電話をかけるのに「十円玉貸してくれない」ということからはじまった。

主人公は恋人にレコードをプレゼントしようとするんじゃなかったか。いまなら携帯電話とCDだろう。ビデオはDVDにとってかわられた。それすらダウンロードという手段によって存在がおぼつかなくなっている。

一九八四年に東京の古い町で地域雑誌『谷中・根津・千駄木』を創刊したとき、パソコンなどまだなくて、でも手書きもなんだしと趣意書は友だちにワープロで打ってもらったことを思い出す。創刊号は写植でもなくてタイプ印刷だった。一九八六年に出たわたしの二冊目の本『谷中スケッチブック』はなんと活字活版印刷だった。

その後、わたしは数少ない手書き派として抵抗を続けたが、目の病気にかかって字の形がうまくとれなくなり、今この原稿もパソコンのブラインドタッチで打っている。

平成二〇年間の社会変化と言えば、まず思い浮かぶのがこの情報機器の激動であろう。IT革命とかいうものが、わたしのような個人の生活にもどんどん浸食してくる。おかげで印刷をして作った紙媒体をせっせと配達集金するというスタイルは経済的にも成り立たなくなって、このほど『谷根千』は最終号を迎える。雑誌や本が売れないのは携帯やパソコンのせい、というのは被害者意識が強すぎるのかもしれないが、確かにそうである。

ひとつまみのベストセラー作家、またはごく読みやすい生き方本、ビジネス書のたぐいは何十万部売れるとしても、そもそもわたしの書く地誌や伝記はそう売れるはずはない。それでも一九九〇年代には五刷り八刷りになることがしばしばあったが、最近では再版することも稀である。新聞、雑誌、本といった活字媒体の時代は、決して絶滅はしないにしても、行く末が心配される。

情報機器は人間の関係を変えた。利点をわかって限定的に使うならいいが、大学で三年おしえて、彼らがいかにパソコンと携帯とウォークマンとゲーム漬けになっているかにほんとうに驚いた。駅で集合しても携帯があるし、あとで追いかけるからと時間通り来ない。恋人とも携帯で待ち合わせれば、映画『哀愁』のようにウォータールー橋の上ですれ違うことはないだろう。一期一会という緊張感は今の若者にない。ウォークマンという、人に迷惑をかけながら自分の音の世界に浸っている彼らは外界に興味を持たず、隣りに人が座ると「自分のテリトリーが侵されたような気がしてむかつく」と平然という。おたがいさまなんだからつめ合って、などという「間合いの取り方」はできないのである。だいたいあんな大きな音を絶えず聞いていて脳は破壊されないのだろうか。谷崎潤一郎の『陰翳礼賛』に水滴の音を聞く話があるが、今の若い人の作る映像作品などを見ても、音に関するリテラシーがきわめて低い感じがする。またネットでサーフィンをする感覚で恋人や友だちを取り替えてみたり、D・ブーアスティンが『幻影の時代』でのべた疑似体験すらしようとしない若者がいる。

ミシガン大学で会った先生が、今の学生はパソコンの前に座ったきり、旅に出ようともしないと嘆いていた。ゲームでバーチャルにおこる殺人や性暴力などを現実感もなく実行する犯罪が増えていることを指摘されている。わたしはソニーと任天堂というふたつの企業はいくら売り上げを上げ、オーナーが個人財産を築こうとも、若者にダメージを与えた企業として将来責任を問われるのではないかと思う。

もちろんそういうことをおかしいと思い、時代に添わない生き方をする若い人も増えている。谷中や根津に濃い人間関係を求めて住み、浴衣を着て銭湯に通い、落語の会の裏方をやる人もいる。一年の半分を日本で仕事をし、あと半分をインドでゆったり過ごす人もいる。農村で新規就農しながら集落の年寄りの世話をする人もいる。スーツを脱いで整体師になったり、料理人になったりする人もいる。わたしの息子も宮大工になった。経済的な豊かさや出世よりも人間を大事にする、手や体を動かす、充実感のあるしごとを選ぶ人が増えてきたのも平成になっての特徴ではないか。それだけそういうしごとが減っているということだけれども。

わたしは一九七七年に大学を卒業し、二年半ほどふたつの会社に勤めたが、スーツ、ストッキング、ハイヒールと縁のない暮らしがしたかった。通勤ラッシュとタイムカードもいやだった。人に使われるのもいやだった。心にないお世辞を言ったりペコペコするのもいやだった。会社を辞め地域雑誌を創刊して編集者、地域文化活動家、文筆家としてどうにか生き延び、ひとり親で三人も子供を育てることができて、とりあえずは満足な二〇年だったといえる。

たくさんの歴史的建造物の保存や自然環境の保全、乱開発の反対、子を育て、まともに安心して年を取れる地域を目指してあらゆることをしてきたが、そのなかで食べ物の生産ということに関わらない東京の暮らしの脆弱さ、人ごみと車の多さ、うるさい音に嫌気がさしてきた。いまは年の三分の一は東京でしごとをするが、三分の一は宮城県丸森の畑で三〇種類の野菜を育てながら時々稲の刈り入れや養蚕を手伝い、残り三分の一は世界と日本のあちこちを一人で旅している。

そんな生活でわかったこと、いくつか。基地やTPPをみても日本は敗戦以来、まだアメリカの属国で、日本の政治家は牙を抜かれてまともな主張ができない。官僚は延命のため、何かことがおこればそれを逆手に管理と権益を強め、それが国民の首を絞めている。経済界は電気製品や車を売るために命にとって大事な食の安全を売り渡している。大学はこの国の未来を背負う人を育てるよりも、多く教員と事務員が食うための機関になっている。海賊が出てオイルが安定的にはいってこないし、中国の食の安全性は疑われるし、日本の若い人が前より勤勉でも優秀でもないとすれば国際分業論は成り立たない。会社は収益を上げ、コストを下げるためにはどんどん人員を削減し、社員を食べさせるためには景観も環境も破壊する。親たちは子どもをよその子と比べ、よかれと思って子どもの人生をスポイルする。

ではそうでないまともな社会はどうしたらできるのか?

若い人が感じているこの閉塞感をどこで打ち破っていけるか、地域雑誌がおわり、これからは今まで経験してきたことを使って手伝いをしたいと思う。由布院の町づくりをわたしより十年早くはじめ、同志として信頼している中谷健太郎さんはわたしの『昭和ジュークボックス』文庫の解説に書いてくださった。「未来はいつも歩いてきた道の終わりからはじまる」

(090605)

「いやはや語」めった斬り

読売新聞に「いやはや語辞典」（金曜夕刊）というコラムがあって愛読している。いろんな人がいろんな言葉に抵抗を覚えているようだ。

ひどい日本語だとあきれる思いと、時代は変わった、仕方ないか、というあきらめが「いやはや」なのである。これを読んでいると、自分にとっての「いやはや」が次々に思い出されて、手帳に書き留めたくなってしまう。

まず、簡単なところから。当たり障りのない行政用語。「いきいき」「さわやか」「いこい」「水と緑の」「ふれあい」「きらり」。あまりに言葉が安っぽいし、実態を反映していないことは火を見るより明らか。その裏に「住民に対する適正な指導」とか「合理化と民間活力の活用」なんて本音の鎧《よろい》がちらりと見える。

これらの言葉は、当たり障りのないところからＮＨＫの番組名にも多用される。そのＮＨ

Kで気になるのはニュース番組の「など」だ。羅列する時間がないので、なんでも「など」で片づけているような気がする。でも「三年前に殺人事件を起こすなどして」はぎょっとしないか。事態の深刻さと「など」の能天気があわないのだ。

メディアの作る「負け組・勝ち組」「アラフォー」などの新造語もいやはや語。たしかに母子家庭はシングルマザー、離婚すればバツイチ、性的嫌がらせはセクハラ（セクシュアル・ハラスメント）と言い換えることにより、やや印象が明るくなり、実態を明るみに出すという点では貢献したとも言えるが、これらもすぐ賞味期限切れになる。

セクハラはともかく、アカハラ（アカデミック・ハラスメント）、アルハラ（アルコール・ハラスメント）までくると言葉遊びの感が強く、インパクトはない。

「ニート」「ひきこもり」「パラサイト」「限界集落」「ワーキングプア」「ネットカフェ難民」「名ばかり管理職」……。学者もメディアもよくもまあ、人のことを勝手に名づけてくれるよな。それがあっという間に流行語になる。少なくとも自分は流行に乗って使ったりはしまい（と思うけど、つい口から出たりする）。

二〇年ほど前、ある社会学者の報告書を見たら、ずっと木造賃貸住宅にしか住めない人たちのことを「木賃アパート沈殿層」と分類してあり、まさに古いアパートで汚い天井を見上げていた私は、その学者の首を締めたくなった。

業界人が使う横文字は、たいてい背筋にゾワッとくる。コンセプト、クライアント、プレゼンテーションのたぐい。気をきかせたつもりか、レストランでも宿でもオーナーとかスタッフとか言うところは嫌いだ。社長というのはもっといや。店の主人、宿のあるじ、それでいいのではないかしら。

テレビ局では収録の際よく、「さくっと」「さくさくっと」やってくれと頼まれる。もたもたせず簡潔に、という意味らしいが、この精神の業界化がいや。「あのタレントは立ち位置がいい」なんて言い方も、いかにも業界的で好きではない。

かと思うと、この前、初めて小さなビデオ作品を作った若者を「監督、監督」と追い回す女性がいた。一人で作って誰を監督したって言うのよ。映像の世界もまた、カリスマ化と権威主義から逃れにくいようである。

情報誌の定番。「また格別」「極上の癒しをお約束」「おすすめはこの店」。こうしてかけがえのないはずの旅はただのお仕着せの疑似体験になってしまうのだ。ゆめゆめだまされまいぞ。

マニュアル語。「ご注文のほうは以上でよろしかったでしょうか」「千円からいただきます」「こちら、たぬきうどんになります」は、チェーン店のアルバイト用マニュアルを作った人が日本語ができなかったことに起因するらしい。これ以上は、すでに言い尽くされているから省略。ただあの鼻中膈《びちゅうかく》の抜けたようなふにゃふにゃ発音はどうにかならないものか。

不必要な言葉を数多く言わされて、喉を痛めるから鼻先で言うのだとアルバイト学生に聞いたことがある。中身と重みのない言葉を若者に言わせるのはやめよう。くせになるから。

接続詞では、「なので」が流行っているらしいがこれも嫌い。「ですから」「というわけで」と言えばいいのに、なに、この唐突な感じと甘え。女性では「……なときに」で会話を繋いでいくのが最近はやっている。「……ので」「……したら」ですむところを、なにをおおげさな、もったいぶって。自分を格上げしようとするナルシズムを感じる。

山口百恵さんが引退・結婚するときのインタビューで、小首をかしげ、内面をナイーヴに告白するように「……な部分で」を多用し、あっという間に芸能界に広まったと記憶する。ほとんどテレビを見ない私が言うのもなんですが、「……ときに」も誰か、人気者の口癖ですかね。

敬語はあまりにひどい。会議で「後ほど送らさせていただきます」なんて舌をもつれさせている若い担当者には「お送りします、でいいのよ」と肩を叩いてあげたい気持ち。「させていただく」を乱用すると、限られた時間内にしゃべる内容は減るし、印象に残らない。「拝読させていただきました」「拝見させていただきます」という二重敬語な人も多い。まずビッグビジネスから〈「させていただく」禁止令〉を出したらどうでしょう。

「やられてください」「食べられてください」「見られてください」「来られてください」の「ラレラレ語」。こういうときは「なさって」「召し上がって」「御覧になって」「おいでになって」と言うのだよ、くらいは自分の子供に教えたい。

そして最近気になる政治情勢。私は民主党支持というわけではないが、政権交替はあった方がいいと思っている。でも党の新代表、鳩山由紀夫氏がいう「国民の皆さん」はいやである。「国民」なら「一人一人が」のニュアンスがあるが、「皆さん」となると集団にさせられてしまう。「ホームレスの方々」といった政治家もいたが、下手に敬語をつけるのは馬鹿にしていると思われないかなぁ、という小心さが現れてしまう。「国民」でいいんではないの？

と、思いつくままに書いて、ちょっと梅雨のひぬまの鬱憤ばらし。

そういやあ、この「鬱」という字を入れるか入れないかでもめてますな、常用漢字表。もう一ついえば、私の削らないでほしい字は「勺《しゃく》」です。

「男に逢う前は、かならずこうした玄人っぽい地味なつくりかたをして、鏡の前で、冷や酒を五勺ほどきゅうとあおる」

ご存知林芙美子の名作『晩菊』。別れた年下の男が会いに来る晩の女心。すがれた肌をほんのりさせようという。いや、こんな色っぽい話じゃない、毎晩、あと一合、いや五勺だけにしようと悩める私には一番だいじな漢字です。

(090618)

オーセンティシティを壊してフェイクに替える国

七月五日投開票の静岡県知事選挙で、民主党などが推薦した前静岡文化芸術大学長の川勝平太氏が勝った。

紙面には川勝氏の大きな写真が出ているが、約一万五千票の差で敗れた自民・公明両党推薦の前自民党参院議員、坂本由紀子氏の写真は探すのに苦労する。どんな人か見てみたいと思ってインターネットで拝見、旧労働省系の官僚出身で、赤字で有名なハコモノ「私のしごと館」を企画した人なんだね。選挙中には「建設業者は地域を守ってくれている」と土建業者よりの発言をしてその支持を取り付けたという。

いっぽうの川勝氏も、小渕首相や石川嘉延・前静岡県知事のブレーンだった人で、これからは、税金の無駄遣いや巨大開発からどれくらい自由になれるか、よほど大胆にしがらみを断ち切る覚悟が必要だろう。そうでないと、総事業費一九〇〇億円も使いながら立木に邪魔されてなかなか開港できなかった「最後の地方空港」静岡空港も、いらなかったんじゃないの、という結果になりかねない。

全国的に見ても、中部国際空港一兆三千億円、五九三億円かけて水のたまらぬ大分・熊本県境の穴あき大蘇《おおそ》ダム、「アニメの殿堂」一一七億円、農業者が反対する宮崎の土地改良事業三九〇億円、千葉三番瀬《さんばんぜ》埋め立て二千億円、六〇年なくてもすんだ群馬の八ッ場ダム九千億円……。「景気対策には「無駄なばらまき」と批判を受けるハコモノ事業が目立つ」と日経新聞（7月6日）が言う通りである。

いっぽう国民は、せいぜい自分の年収五百万円くらいまでのことならわかるけれど九千億といわれたって、ととほうにくれる。税金オンブズマンや公共事業を精査するＮＰＯの努力には頭が下がる。だからこそ、その情報をひろく共有できるシステムを作りたい。

これから先は、もっとかわいらしい話。秋田の山の中で山菜をつまみながら宿の主人に聞いた。

「カタクリの群生地があったのに、ある日、役場が根こそぎ引っこ抜いて、「何すんだ」といったら、「花壇を作る」んだって」「浜辺にハマナスが咲いていたんだけど、そこをブルドーザーでならして、キャンプ場にしちゃったんだよ」

あっちゃー、という話である。住民から花壇を作りたい、キャンプ場がほしいという話が出たのかもしれない。やがて予算がついた。そして大事な自然を壊して、人工の「自然」に置き換える。おそらく地元業者が公共工事をしたいだけなのではないか。

「温泉を利用したプールがはやりのころ、「ウチも」ってんで造ったけど誰も来ない。番人がカヌー浮かべて練習してた。はやりに乗ってなんか造っても、ろくなことはねえ」

能登の朝市で有名な輪島市を久しぶりに訪れたら、近かったきらきら輝く海はなくなって、巨大埋め立て工事を行っているところだった。なんでも沖合を航行中の外国船舶の避難港を造っているそうだ。そんなの必要なのかなあ。海の景観を阻むホテルもできている。

奄美大島でもうつくしい自然の浜はほとんどない。浜をつぶして港を造り、嵐よけと称して堤防を造り、テトラポッドを積み、崖もコンクリートの土留め工事でみるかげもない。漁師のおじいさんは「奄美振興法といっても生活はよくならない。土建業者が儲かっただけ」といった。ユタのおじさんは「神様は自分の足や腰を切られて、おこっていなさる」といった。

長崎県対馬には、樋口一葉の思慕の人、半井《なからい》桃水《とうすい》の生家があって、産湯の井戸もあって感激した。しかし何年かのちに訪ねると、シロアリの害があるからとの理由でそれを壊し、新たに半井桃水館を造っていた。

福島県の只見に行ったら、河井継之助の終焉の家を壊して、コンクリートの河井記念館ができていた。

カタクリ、ハマナスしかり、オーセンティシティー（真正性、信憑性）のあるものを壊してフェイク（にせもの）をこしらえているのである。それも土建業者のしごとをつくるためではないのか。そして道路でもホールでも港でも、造ればかならずメンテナンスのしごとが発生し、当分食える。

もちろんそこの地域の人たちの雇用確保ともなるのであるが、そういう構造はもうそろそろ変えられないか。自然や歴史の本物を壊して偽物を造るのは人間社会にとって損失であるのみならず、地球環境の存続上からも無理な時代に入っているのではないか。

もっとちいさな、環境にローインパクトで社会性のある仕事に税金を回したい。

七月六日付朝日新聞には、病児保育にスタッフが駆けつけるＮＰＯ「フローレンス」を造った二十九歳の駒崎弘樹さんの記事がある。ＩＴベンチャー起業家から転身したが、働く女性から「三人目を産めたのはフローレンスのおかげです」という感謝の便りが届くという。この取り組みは行政を動かし、制度化されそうだが、全国でやっても八ッ場ダムのように九千億円はかかるまい。

同じ日に朝日に載っていたニートを支援するＮＰＯ「日本中退予防研究所」の活動も面白い。四谷には不安定な働きかたをする若者や非正社員らが安く楽しく住める居場所「自由と生存の家」がオープンした。こういう二十代、三十代の人々のユニークな取り組みには励まされる。これらもほんとうに必要な活動だが、困ったことにそこに税金が廻らない。アメリカのように、これぞとおもうＮＰＯに寄付した分は税金から免除される仕組みが本格的に必要だ。

とりあえず今度の都議選、衆院選では、巨大ハコモノ行政に税金を使わない政治家を選びたい。

しかしあきれた。病児保育提案に行った駒崎さんに、「で、何してほしいの？」と言ってふんぞり返った衆院議員、パーティー券を売りつけてきた区議……。こういう連中は政治の舞台から退場してもらわなければならない。

（090708）

八ッ場ダムがなくなる可能性が出てきた

この欄に昨年十二月に書いた（二一ページ以下）、群馬県の「八ッ場ダム」計画について、民主党はマニフェストで中止と言って、「脱ダム」の目玉に掲げている。社民、共産、新党日本なども反対だ。

ということは五七年間、なくても誰も困らないのにせっせと工事を続け、しかもちっとも完成せず、ダム本体に着手すらできていないこのダムは、今回の解散総選挙の結果によっては廃止に追い込まれる可能性が高くなってきた。相変わらず国は二〇一六年完成と謳っているが。

なだらかな山の斜面は削られてコンクリートが貼られ、国の名勝吾妻渓谷の近くには付け替え道路の橋脚がにょっきり立ち、新装なった屋内プール付き小学校には今年二人しか一年生がいない。この自然とコミュニティの破壊はいったい誰がどう責任を取るのだろう？

去年の東京大学での「八ッ場あしたの会」によるシンポジウムに続き、ことしは七月二十日、現地に近い前橋市でシンポジウムが行われた。そのことも画期的だが、ダム計画がなくなる可能性の高い段階で、ダムに翻弄され続けてきた現地の人々の生活再建に議論が集中したのも画期的であった。

その前の晩、私はほぼ一年ぶりに現地の川原湯温泉に泊まり、草津温泉「仕上げの湯」といわれて栄えた滑らかで透明な湯につかり、夜、窓から、吾妻線の列車の光が山沿いを上がっていく、まるで宮沢賢治の「銀河鉄道の夜」のような風景にみとれた。これもダムができてしまうと付け替え鉄道にかわり、トンネルの中を通ることになる。夜おそく、ムササビも見た。

住民は最初、もちろん自分たちの故郷がダム底に沈むことに猛烈な反対運動を繰り広げた。しかし国交省の切り崩しもあり、一九九二年にいたって、同地域内でダム湖の上に新集落を造る「現地ずり上がり方式」での生活再建を条件にまがりなりにも合意した。

であるから「いま頃のこのこやってきて反対なんて言ってほしくない」「反対した世代はほとんど死んじゃった。出て行っても心労でなくなる人が多い」「ダムのことなんか考えないようにしている。早く移って安らかな生活がしたい」「近所がなくなってひとりぼっち、一軒だけになったら移らざるをえない」とやりきれなさを口々に訴える。もっともな意見だ。

「都会の人は反対だけして、雑草一本抜いてくれもしない」という人もいる。

だからといって私たちは大義なきダムに賛成するわけにもいかない。下流都市圏はすでに漏水対策、節水、工場の移転などで水があまり、洪水調節の計画値の根拠は科学的にもあやしい。

ダムはつくったあとも土砂が堆積し、壊すのにも巨大な費用がかかるといわれている。前回も書いたが、ダム計画には国税のほか、毎年われらが都民税も膨大につぎ込まれている。ダムの建設目的が下流への水供給、下流の洪水調節であるから当然の負担とされている。都民だけでなく群馬、千葉、埼玉、茨城、栃木の一都五県の税金がこのブラックボックスに長年しずかに消えていった。

県議たちもいまやダムを考える一都五県の会を横断で作り、建設を見直す姿勢を示している。しかも都議会議員選挙で民主党が圧勝し、八ッ場ダムにつぎ込む都の予算が通るかどうかもあやしくなってきた。

止まるといいな。しかしダムが止まったら生活再建計画も止まってしまうのだけは避けたい。数十年、苦しみ、いまだに故郷に踏みとどまる人々を放置せず、ともに居心地のよいコミュニティ再建へとつなげる義務が国と関係都県にはある。

とくに福田赳夫、中曽根康弘、小渕恵三、短期の福田康夫まで加えれば四人もの首相を出している群馬県においては、まことに政治的なダム計画であったこと、それに関係都県の知事以下、多くの議員たちが長年追従してきたことを考えると、その責任は重い。

だいたい、安心して住める土地を確保しないで強引にダム建設を行うやり方こそ、明治以来の官尊民卑そのままだ。代替地の地価が過疎地にしては一坪一七万円ほどというおどろくほど高い値段なのは、切り土盛り土による無理な造成に金がかかったためでもある。また水没地を法外な値段で買い上げたことも人口流出を招いた。「進むも地獄、退くも地獄」という通りである。

ダムができた際の生活再建と称して、さいしょクアハウスだの千人収容の観光会館だのサイクルセンターだの、公社方式でまたバブリーなハコモノを造ろうとしてきた。これを造る費用は下流都県の基金を原資とする。しかし人口も激減し、公社方式は日本全国で破綻しているからと、県は二〇〇七年、株式会社方式の「ダイエットバレー」なる構想を出してきた。三十代女性をターゲットにエクササイズセンターを造れば、それに釣られて男性もやってくる、ということらしいが、そんなの来るかいな。地元では「行政とコンサルタントが描いた夢のようなお話」「高齢化しているのに、担うのは無理」というため息が聞こえる。

そしてともすると川原湯温泉だけに焦点が当たりがちだが、川原畑、林、横壁等のすべての農村移転区域の住民の生活再建を考えなくてはならないし、ダム工事のために止まったままの上流地域への道路はじめインフラ整備も急務である。

民主党がいうように「ダム事業の廃止等に伴う特定地域の振興に関する特措法案」をつくるのはいいが、金や施設のばらまきでこれ以上、「心の破壊」を続けることはやめてほしい。止めるなら民主党は衆議院選群馬第五区で候補者を立てる必要があるのではないか?

「地域は活性化でなく沈静化しなくてはならない」とは島根県の百姓、佐藤忠吉氏の名言だが、ダムが中止された場合、地元が望むのは鳴り物入りの振興策でなく、あくまで謝罪と生活再建であろう。時代の流れにおいて計画中のものが不必要になることはありうる。しかしもっと早くすみやかに方向転換をするべきであった。

その点、私たち下流都市住民にも責任はある。元鳥取県知事の片山善博氏は中止になった県営ダムの現地に説明と謝罪のためねばりづよく足を運んでいるが、そうした地道で誠実な行動が、政治家と官僚に求められるだろう。

本当に安らかで楽しい集落に回復するまで、実力とアイディアのある元気な集落支援員を長期に派遣し、金ではなく知恵を出し合うことが望まれる。それとて、いまの住民の心の傷を思うとき、悲観的にならざるをえないのであるが。

(090731)

政治家は職業でなく家業なのか

選挙が終わって、いよいよマニフェストの実現に関心は移っている。群馬県の八ッ場ダムは国交省が入札を凍結。前に書いたように、ダム地域の住民の生活再建を第一にしながらも、不必要なダムを続行する圧力には屈しないでほしい。

一方、朝日新聞の調査では、子ども手当には六〇パーセント以上の人が反対しているそうだ。民主党が前に国会に出した母子家庭の児童手当の加算など、世論のコンセンサスができている所から早急にやるべきだ。政策の一つ一つについて世論を問い直し、政策を深め、練り直した方がよいだろう。あせらなくていい。

それにしても衆院選、当選者の経歴を新聞でながめていて思ったのだが、改めて「世襲」と「高学歴」の人が多い。

民主党代表の鳩山由紀夫氏からして議員四代目、東大、スタンフォード院卒。小沢一郎氏二代目、麻生太郎氏三代目、安倍晋三氏三代目、小泉進次郎氏四代目、野田聖子氏二代目、河野太郎氏三代目、石原伸晃氏二代目、柿沢未途氏二代目。八ッ場ダムでもめる群馬は福田康夫氏三代目、小渕優子氏三代目……。まだまだいる。

エドワード・ケネディの死後、ケネディ王朝の凋落がいわれるが、アメリカでは一族から二人以上の国会議員を出した家は建国以来七百ほど、世襲率は五パーセントだそうだ。日本の方がはるかに多い。

学歴は相変わらず東大卒が多いけれど、最近はハーバード、プリンストン、ペンシルベニア、ジョンズ・ホプキンズ、ロンドン、ケンブリッジなど欧米の名門大出や院卒も増えてきた。大企業や省庁からの転身組、NHKはじめ放送・新聞の記者だった人も相当いるし、コンサルタントやNGOの事務局長なんかもいる。

自民党の小泉ジュニアは、子どものときから準備したのかコロンビア大学院卒。一年間の学費だけで五万五千ドルかかる大学で、奨学金でもなければ普通の人には入れない。

機会の平等なんてどこにあるんだろう、と思う。こういうエリート議員たちの中に、年額二二〇〇万、手当てを含めれば四二〇〇万円もの歳費をもらいながら、今一番必要な格差の是正や弱者の救済なんかをきめ細かくやってくれる人が何人いるのか、心もとない。

日本は一般に階級のない社会だといわれるが、果たしてそうか。足軽から天下を取った太閤さんみたいな人は、今は出てきにくい。田中角栄は確かに今太閤だったけれど、田中眞紀子氏は二代目である。小沢佐重喜《さえき》も大工、鍛冶屋から身を起こし、弁護士から代議士になったが、小沢一郎氏は二代目である。

毛並みや資産や学歴やコネが人生を左右しすぎることを、みんなが知っている。だからはなから競争から下りてしまう。はじめからコツコツ下積みでいいという人も、世の中に背を向ける人も出てくる。競争が嫌いでも、まともな仕事があり生活ができればいいが、失業率は過去最高の五・六パーセント。それが怖くて親たちはますます幼児のころからレールに乗せることに過熱する。この点、電通や三菱商事が社員の子女は採用しないとしているのは良いことだと思う。

医師が足りなくて増やすのはいいけれど、できるだけ医者の子でなく、他のコースからの参入に配慮してほしい。福祉から医療へ、教育から医療へ、看護師から医師へ、さまざまな経歴の問題意識を持った若者が自分の意志で、高額の授業料を払わなくても医師になれる仕組みを作ってほしい。

法律家も同じだ。周りに福祉や地域活動をしながら法律による弱者救済を考えて法科大学院を目指す若い人が何人かいる。確かに司法試験の壁は低くなったが、関門は一つ増えた。

前はがんばって司法試験さえ通れば、大卒でなくても弁護士になれた。今は法科大学院を出ないと司法試験を受ける資格がない（か細いバイパスはあるらしいが）。

その法科大学院に入るには、大学での成績がよく、適性試験の成績がよく、英語の成績がよくないと不利である。〝極道の妻〟から弁護士、大阪市助役にもなった大平光代さんのような破天荒な経歴の人はもう出ないだろう。

新聞に載る若者といえば、起業家やスポーツ選手や受賞者や国際機関などで活躍しているような人ばかり。でなければ社会面の犯罪者。両極端で、普通の人はまず出てこない。それは新聞を読む後味の悪さにつながる。読売新聞東京面の枝川公一さんの、普通に生きる人の聞き書きは、毎週、私にとって唯一の救いだ。

門地や学歴に左右され、リセットや再挑戦のできない社会は夢の持てない社会だと思う。人間とは変わりうる存在なのだから。

五十を過ぎて私はもう競争などする気がない。うるさい選挙が終わって秋の風。

漱石ではないが、菫《すみれ》ほどな小さき人にうまれたし。

（090912）

三たび「八ッ場」について

私は二〇年前に草津温泉に行った帰りに道路ぎわに続く反対ののぼりでこのダム計画を知った。五年前にこの計画続行に問題を感じ、このところ二年続けてダムにかかわるシンポジウムの司会を務めている。すでにこの欄でも二度（「ダムはもう要らないかも」「八ッ場ダムがなくなる可能性が出てきた」）書いて来た。

書いたことは繰り返したくないと思いますが……。

賛成・反対は別として、「八ッ場ダムに注目して」と私が訴えていたときに、「八ッ場って何？」「国がやると言った計画であるし、もう止められないでしょ」と言う学者や記者は多かった。一般市民でも八ッ場を知らない人の方がずっと多かった。

前原国土交通相がマニフェスト通り「中止」と答えてから、がぜん脚光を浴びることになった。例えはよくないかもしれないが、下積み五七年の、本当はもっと注目されるべきだったのにされなかった歌手が、いきなり舞台の中央に躍り出た感じである。

新聞は「不偏不党」と言うが、社説では「中止反対」「様子眺め」「中止賛成」と三紙三様。当初、記事はもちろん読者の投稿欄に載る主張にも偏りがあった。

とくに気になるのは、「五七年も翻弄されて来た住民がかわいそうだ（せっかくその気になったのだから作らせろ）」という論調である。そういう記事の中には必ずと言ってよいほど、「悔しそうな表情を見せた」「怒りをあらわにした」「戸惑い（または、いらだち）を隠せない」「語気を強めた」「憮然とした表情」といった、情緒的かつ常套句的な表現が見受けられた。そう見るのは、記者の主観なのではないか、と同じ物書きの私は思う。

話が横道にそれるが、常套句といえば、私は「〜と、森まゆみは胸を張った」と書かれたことが三度ほどある。私は普通より大きな胸をしていることにそれこそ大きな胸を痛めているので、どうしても猫背になりがちで、取材されて胸を張ったことなんかない。

新聞やテレビに住民が登場しているが、〝それがどういう住民であるか〟に「違和感を覚える」という森明香さんの投稿（朝日9月30日）に共感した。

大学院生として熊本の川辺川ダムの現地に深く入って話を聞いて来た森さんは、「生活再建のため、中止を求めたいが、公言できないという人も多い」と書いている。

長い間に地域社会はずたずたに分断され、利害関係の絡むなかで、ものも言えない風土が出来上がってしまっているのは、こうした公共工事を抱えた各地の取材の経験からも、また、私が何度か現地・八ッ場に行って聞いたひそやかな声からも伝わってくる。

前原発言に対し、いち早く九月十七日に「早い時期に中止の結論を出して、ダムのない生活再建をすすめてほしかったので歓迎したい」（朝日）と表明した地元の牛乳業の豊田武夫さんは、新聞でこれを言うためにどれほどの勇気を奮い起こされたことだろう。

「地元はみんな建設中止に反対だと思われているかもしれないが、計画浮上からなぜ五七年経っても完成できなかったかということを、地元として冷静になって検証すべき時に来ている」。人のせいにしないで、少なくとも自分の頭で、これからのまちづくりを考えていこうという自立自尊の精神に私は打たれた。

そののち、私は八ッ場に関する記事やニュースより、選択にバイアスがかかるとしても、新聞の投稿欄を丁寧に読むようになった。

「ダム完成で描いて来たものは確かなのでしょうか。……たたえられたエメラルドの水はかなしくも美しいとは思えず、観光の目玉になるかも疑問です」（若林和子さん、読売9月29日）

「ダムの建設中止で、負担した一四六〇億円が返って来る関係自治体は、家庭での雨水タンク購入に全額を補助してはどうでしょう」（江川美穂子さん、朝日9月24日）――これは節水にもなるし、都市型洪水を防ぐいい提案だ。

波多野達さんは、生まれ故郷近くの天竜峡下流に平岡ダムができたため、「いまでは土砂がたまって浅くて幅の広い川だ。最近、舟下りをしたが、歌で知られる「しぶき」にも濡れず、迫力に欠けた」（10月5日）と、ダムで川が変容し、土砂がせき止められて浜辺までもが痩せたことを指摘している。

川柳欄はもう少しお気楽だが、「マエハラがガンバレの声待っている」「行くんなら群馬県よりニューヨーク」「自腹なら誰も造りはしないダム」などは、ある意味、民意を反映しているといえよう。

ともかく、きょう（10月5日）の読売新聞の世論調査によると、「八ッ場ダム中止」に賛成が四四パーセント、反対が三六パーセントだそうだ。この問題、まだまだ一過性におわらせず、じゅうぶん論議を尽くすべきであろう。

私見を言えば、景観的にはあまり見よくはないけれど、草津方面の渋滞を考えると付け替え国道はそのまま工事を続行すればいい。使ったお金は無駄にはならないと思う。

私は、私が生まれる二年前に始まった八ッ場ダム工事について、人生の三五年知らなかった。知らなかったことは罪である。知ったのに考えず、行動しないのはもっと罪である。「再び政権が替わってみれば、ダム工事は再開されるのさ」などとしたり顔で言う人もいるが、環境優先はいま、生きとし生けるものの存続には不可逆的命題ではなかろうか。

当事者の苦しみは深く、安易に寄り添えるなどとは思わない。しかし衆知を集め、議論を尽くせば、地元の人たちも納得する「暮らして楽しい長野原町」を造り直すことはできると思う。

メディアは、いたずらに対立をあおるのではなく、「考える場」を提供してくれることを望む。

(0910)

p.s. いうまでもないが、民主党は「コンクリートから人へ」の看板をおろし、八ッ場ダムの中止を撤回した。

秋の吾妻渓谷紀行

好きな小説にヘルマン・ヘッセ『秋の徒歩旅行』がある。その真似というわけではないが、「映像ドキュメント」の仲間と紅葉の吾妻渓谷に行ってみることにした。

「映像ドキュメント」は、わが住む東京・白山に事務所を持ち、映像という専門性を活かして平和に寄与することを考えるボランティア・グループである。

加藤周一さん、大江健三郎さん、井上ひさしさんなどの平和に関する講演会の映像記録をサポートし、インターネット上で誰でも見られるようにしているが、せっかく白山に事務所があるのだからと、私たち谷根千工房と協力して地域の映像記録もはじめている。

話し合ううち、八ッ場ダムに関しての報道に疑問がでてきた。

たとえばダム本体の工事はまだなのに、付け替え国道の橋脚が何の説明もなく、まるでダム本体工事であるかのように映し出されること。

ダム中止反対、つまり推進派の中心人物が一般住民としてテレビ番組で意見を述べること。本当はダムに疑問を持ちながらも、地域社会の圧力の前に意見も言えないでいる人たちが多いこと。

住民に朝日新聞はアンケートをとって、一面には中止反対七割の見出しが躍ったものの、実際は意見を表明したのは四割に過ぎないこと、つまり中止反対を正式に表明しているのは二割八分に過ぎない。

テレビでは、昭和二十二年のカスリーン台風の被害状況や、一回だけ来たヘルメットのデモ部隊を何度も映し、刷り込みの危険を感じること。

補償金をもらって住民は儲けたといったデマが、やっかみ半分の週刊誌などで振りまかれること。

とにかく行って、この眼で見たいという意見が出て、私は何度も行った八ッ場を案内することになった。

といっても地元住民の気持ちは固く閉ざされ、取材お断りを張り紙してある家も多いという。話を聞けるとは思えず、とりあえずは紅葉を見て温泉に入りましょう、というくらいの気持ちで、でもしっかり小型映写機を持って仲間の車で出かけた。

それでも何人かの方に話は聞けたのである。

私たちは八ッ場ダムに賛成か反対かを聞かせてください、とはいっさい言わなかった。それでは取材者の都合で、自分の聞きたいことだけのために相手を利用することになる。事件取材というもの、あなたは犯人を知っていますか、どんな人ですか、とだけ聞くのはいつもこのたぐいである。

いつも谷根千で聞いているように、その人の話したいこと、ここでの暮らし、人生を丸ごと聞きたいと思った。話を聞いた人を特定することになり地元では不利益をもたらすので、数人の方たちから聞いた話を混ぜこぜにして歴史の順に紹介したいと思う。


むかし、川原湯温泉のあたりは山の中の寒村で、樵《きこり》や炭焼きをしたり、渋川、沼田と草津までの往来の運送業を営む人が多かった。

子どもたちは山に入って「ターザン」ごっこに熱中したり、川で泳いだりした。といっても吾妻川は酸性が強く、魚も捕れなかったし、泳いだのもおもに支流であった。

戦時中は東京の小学生が集団疎開に来て、各温泉旅館に分宿した。食糧が少なくかわいそうだったが、米の穫れない村では住民も食べるために大変な苦労をした。

この村には空襲はなかったが、戦争にとられ、戦死した方、シベリア抑留になって苦労された方は多い。

戦後、川原湯はいい温泉だとの評判がたち、草津より体にやさしいと米を持参して湯治をする客がふえた。米のとれない川原湯では米を持って来る客は歓迎された。

一九四七年のカスリーン台風の後、治水と利水のため、ここにダムを造るという話が出て、寝耳に水の住民に激しい反対運動が盛り上がった。

みんな自分のふるさとがダムの底に消えるということはがまんができなかった。しかし建設省はダム建設を国の政策であるとして強力に推進し、福田、中曽根、小渕と三人の首相の政争の具にもされた。

国道一四五号線はせまくて二車線しかなく、草津へ行く観光バスと嬬恋《つまごい》村からの野菜を運ぶトラックが行き来して、つねに渋滞するようになった。しかし川沿いには吾妻線の線路もあって、国道は拡幅が容易にできず、他にも長野原町には難問が山積したが、ダムにうんといわないなら、他の必要な公共工事も推進しない、と国や県から兵糧攻めにあった。

それで前々町長は苦しみ、前町長にいたって、地元の生活を改善するためにはダム受け入れに大きく舵を切ることになった。

全国、ダムができて栄えた町はない。それはわかっていても、ずり上がり方式での現地生活再建を目指すしかなかった。

その工事も遅れに遅れ、住民たちもだんだん年老いていく中、ほんとに現地で生活再建ができるのか、と不安になっていた矢先、民主党政権に代わり、突然ダム中止ということになった。中止になれば、下流都県が支出するはずの生活再建資金もストップする。国や下流都県の都合で長年、ふりまわされて来たのに、いままた一度納得してその方向で未来を設計していたのに、全部つぶれてしまう。

どうしたらいいのか。途方に暮れている。地元ではダム中止反対を訴える人も多い。それに対し、自然環境保護をわからない、地域エゴだなどというヤジ馬的な非難も全国から集中している。

ここから出て行きたかった人は補償金をもらって渡りに船と、あるいはいつまでも政争やダム問題にからまるのがいやで、渋川や沼田に補償を貰って出て行った。それでもここが懐かしい、行った先には長年の近所がいないと、時々帰って来る人もある。

土地を持っているか、どんな土地か、借地か、借家か、でも補償の条件は違う。国もそんなに甘い条件は出していない。

そんな話をあちこちで聞いた。突然行って聞いた話、聞き間違いがあったら許してほしい。ダムのつらい話をさせてしまってごめんなさいという私に、「いいえ、興味を持ち続けてください。でないとまた何が起こるかわからない」「見ていてほしいんです」という意外な反応があった。

付け替え国道、付け替え鉄道、砂防ダム、新築された小学校、住民のための代替地などを見学し、このダム建設のために、どのくらいの人工的な土木工事、すなわち自然破壊が行われたか、はじめて行った仲間たちは声もなかった。

墓も高い所へ移設され、神社はヘリコプターでつり上げられ、崖にあった石仏たちは擬岩のなかに並ばされてこれまた人工的な眺めとなっていた。

かと思うと、報道のせいか、いま話題の八ッ場を見に行こうと、観光をかねて訪れる人たちが例の有名になった橋脚をバックに、笑顔で写真のポーズをとっている。

私はかつて、佐渡を旅行したとき、タクシーの運転手が拉致観光をしませんか、と誘ったのに絶句した。拉致された方の生家、拉致されたとされる現場を回るのだそうである。もちろん峻拒したのであるが、末期の資本主義はモラルもなにもなく、なんでも観光にしてしまう。

それが八ッ場でも起きていて、国土交通省が開いている推進のための宣伝施設「やんば館」も大変なにぎわいであった。そこでは東京都の革新知事であった美濃部亮吉氏が八ッ場ダム推進のため「水没住民の方たちに温かい気持ちで接し」などといかにも名家の末裔らしく「上から目線」で演説している声が聞こえたりした。

都市が山村を平気で蹂躙して来た歴史が、今の住民のとまどいを生んでいるのであろう。

現地に行き、話を聞くとどうしても情はうつる。それでも私は「時のアセスメント」からしても、さまざまなデータからしても、八ッ場ダムは要らないと考える。

日本の河川工学の第一人者である東京大学の名誉教授に以前、立ち話で、本当に八ッ場ダムは要るのでしょうか、と聞いた。そのかたは唇に力を入れた末、「必要ないでしょう」といった。なら、なんでつづけるのでしょう？　「それはね、先輩たちが要ると思ってやって来た、その面子をつぶせないからです」

国土交通省の中にも、こんな税金のブラックボックス、二一〇〇億円が四六〇〇億円になり、このままつづけると一兆円を超えそうな税金食い虫をやめたいと思っている人は多いであろう。政権交替は彼らにとってもいいチャンスだったといえるのかもしれない。

下流住民のため、自分の住む場所がダムに沈むことを了承させられ、それがまたひっくりかえる。いい加減にしてくれ、というのが現地住民の本音である。マスコミは〈民主党政権対長野原住民〉という構図を作っているようにも見えるが、本当は長年政権党として公共工事一辺倒の政治を推進し、土木業者と癒着して来た自民党と、天下り先をもとめてきた官僚に責任はあるのであり、彼らこそが謝罪しなくてはならない。こんなことは誰にもわかる道理である。

二度と国策や企業の都合が住民の生活より優先されることがないようにしよう。それは計画され一転中止になった、たとえば福井空港の現地住民、成田空港、新幹線や高速道路、原発などの計画に翻弄、蹂躙されて来た土地の人々には腑に落ちることだと思う。

ふるさとをつぶして造られた空港が閉鎖されることはこれからあるだろう。今回も「東京から来たあんたたちに話す言葉は一文字もない」という人もいた。だが「国策より暮らし」、その一点で私たちはつながることができる。

（091120）

年越し派遣村、今年は……？

就職氷河期だという。新聞を見ても、大学四年の息子に聞いても、内定していない学生が例年になく多いらしい。高校卒はもっと条件が悪い。

三三年前の自分の「女子大生就職氷河期」を思い出した。

男女雇用機会均等法（一九七二年「勤労婦人福祉法」として制定、八五年改正で現在名に）の以前で、男子には求人があったが、女子のコーナーには張り紙はほとんどなかった。そこにフジテレビのリポーターの求人が四人あった日には、大学前からフジテレビ方面に行くバスが続々と女子大生で埋まった。

二〇通ほど履歴書を書いて送ったが、すべて書類選考に漏れて返され、むなしさが募るばかり。そのころ潔癖な若者であった私は、コネで就職することを唾棄し、しかも歯医者の父に会社のコネなどあるはずはなかった。成績も良くないし、特技も資格もなく、こんな私を採用する企業なんてあるわけはないよなあ、とみじめに落ち込んでうつ寸前。

今はインターネットでエントリーするから、履歴書二〇通でなく、多い人は何百社も受けるのだという。そのストレスたるや私の比ではないにちがいない。でもあのときコネがあったりして、運良く商社や銀行に入ってうらやましがられた女性の同級生はみな辞めている。会社で補助業務にしか使われず、結婚や出産や育児ができる体制はなかったから。

名の知れた大会社に就職のできなかった私は、フリーで三三年働きつづけて来た。それは商社マンや銀行員と結婚した彼女たちのように働かないですむゆとりがなかったせいもあるのだけれど。あきらめないで、と言いたい。

新卒でない人にとっては、正規の就職はますます至難の業である。

NHK・ETV特集「作家重松清が考える・働く人の貧困と孤立のゆくえ——「派遣村」の問うたもの」を見た（11月8日）。

秋葉原連続殺傷事件の容疑者は派遣社員として働いており、契約打ち切りをほのめかされたことがきっかけで犯行に及んだそうである。そのことにはじまり、派遣という労働のあり方がいかに一人一人をバラバラにし、社会的なつながりを持てなくしていくか、それに対して闘う「首都圏青年ユニオン」という個人加盟の労働組合を紹介している。

彼らは「派遣切り」など不当な解雇をされた仲間を支援して会社相手に団体交渉も行うが、興味深いのは、ユニオンは彼らに会社までの交通費を支給することである。地下鉄の切符代も彼らには「痛い」のだ。

いま、派遣をはじめアルバイト、パートなど非正規雇用の数は増えつづけ、三七パーセントにおよぶという。町に出て目に入る、働いている店員さんも掃除のおばさんも宅配や引っ越しサービスのお兄さんも、ほとんどが非正規と見てよい。こうなると正規の職につけないのは自己責任なんかではぜったいない。

少し前まで、派遣とは「通訳や製図など特殊な技能を持った人が高給で招かれる」といったイメージが強かったが、いまや「産業の縮小、拡大に応じて会社の手を汚さず、都合良く使える人たち」である。その派遣元がどのくらいピンハネをするかは、「コムスン」をはじめとする問題で昨年七月に廃業に追い込まれた派遣会社「グッドウィル」の事件で例証済みだ。

この番組では、労働者派遣法（一九八五年施行）の歴史も手際よく整理している。不明を恥じるが、この法律はそもそも「法律によって禁止されていたが、実態として広がっていた派遣を合法化するとともに、派遣社員によって正社員の仕事が奪われることを防止する」法律だったという。派遣社員を守る法律ではない。

それが、対象業務がなし崩し的に拡大し、小泉新自由主義政権のもとで二〇〇三年、製造業への派遣が解禁される。自動車製造の現場でも派遣社員が働き、契約期限に関わりなく容赦なく派遣切りされる状態が、「派遣切り」という言葉が定着する前から常態化していた。あるいは偽装請け負いなどもあとをたたない。

保育、図書館、相談員などの公共分野の雇用でもパートやアルバイトが多い。わが家のある区でも、図書館のカウンターなど「合理化」の名の下に指定管理者制度で業者が請け負い、その業者が使いやすい労働者を派遣して来るため、前にカウンターにいた近所のおばちゃんが切られ、何となくアットホームな感じが失われた。土地のこともよく知らない若い派遣の人が業者に管理されながら区民に敬語を頻発して働いている。

番組では、東京都の非正規職員の女性が、子どもが熱を出しても休めず、同じ仕事をしている正規職員は子どもが熱を出すと有休を取って休むことに、「正規職員の子と非正規職員の子と、命の重さに違いがあるのですか」と泣いて訴えていた。

三七パーセントまで非正規（「非正規」などという言葉もおかしい）になった国では「同一労働、同一賃金、同一待遇」を目ざすべきであろう。といってもこの問題を追及するはずのテレビ、新聞、出版なども、嘱託、パート、アルバイトなどの差別が何層にもあるような職場なのだけれど。

大学もそうだ。自分が正教授であったとき、給料を一年のコマ数で割ってみたら、一コマが非常勤講師をしていたころの十倍近くになってソラオソロシクなった。もちろん教授会や入試などのめんどくさい業務も多いのではあるが、非常勤講師はひとコマせいぜい数千円。何かというと「非常勤を使えばいいじゃない」と簡単にいう同僚教員には腹が立った。非常勤を掛け持ちしても暮らせないのはわかっているのに。

かといって正社員がいいかというと、そうともいえない。番組に出ていた二四時間営業の百円ショップの店長さんは正社員だったが、朝まで働き、一時間寝てまた出勤、朝から働き、一ヶ月の労働時間が三四三・五時間にも及んだが、管理職だからと残業代が払われなかった。月給を働いた時間で割ると最低賃金を大きく割り込む。体と気持ちに変調を来たして休職に追い込まれた後に、「名ばかり管理職」であるとして裁判を起こしている。類似のケースだが、マクドナルドの店長職にあった人が時間外・休日割増賃金などを支払ってもらえなかったとして訴えた裁判で、東京地裁は昨年一月、未払いの割り増し賃金などを支払うよう命じる判決を出している。

この番組からは、いろいろな現実の問題を突きつけられた。長い番組だったが、考えるためには何度でも放送してほしい。

重松清さんが、「取材をした前と後では、風景が変わって見えた」と言っていたが、私もそう。就職も結婚もしない息子や娘に、戸惑ったり、いらだったりしてはいないだろうか。彼らのせいにしてはいないだろうか。私もそうした親の一人だった。

変わらなければならないのは、子どもでなく親の方らしい。「一生懸命勉強すれば、いい学校に入っていい就職ができ、一生懸命働けば、いずれ家も持てる」というような時代は過去のことになった。自分たちのプライドを守るためには、この社会の仕組みそのものと闘うことあるのみだ、と思う。親もそれを支援しよう。

どうか、今年は、年越し派遣村がなくてすみますように。

(091210)

『谷根千』の二六年——終刊にあたって

一九八四年に東京のまんなかで創刊した季刊の地域雑誌『谷中・根津・千駄木』、通称『谷根千』はこのたび九三号、補遺の九四号で終刊となった。

二年前、あと八号で終わりにします、と後記にさらっと書いておいたら、取材のくることくること。私たちの雑誌の終わりは事件なのか? と驚くほどだった。「地域雑誌の草分けついに休刊」「地域史を掘り起こして四半世紀」などと書き立ててくださった。

振り込んでいただく郵送読者に、八号先までしかお受けできません、と伝えるだけのつもりだった。前受け金をいただきながら勝手にやめてトンヅラというよくある不義理なことはしたくない。他の雑誌のようにイイコトやってるんだからカンパちょうだい、ともいったことはなかった。自分で楽しんでやっている。費用は自分でもつ、人に迷惑をかけない、というのが最低限の倫理だと思い、苦しかったがやせ我慢でここまで来た。

だけどそのうち雑誌の売り上げより印刷、事務所の経費の方が上回るようになる。事務所にいる時間は市民活動や、身の上話をなさりにくる来客の相手、ルーツ探しのお手伝いなど、雑誌の編集とかかわりのないことで過ぎていった。坂の多い町の、三百を超える委託店への配達も五十代にはいってこたえた。坂をあえぎあえぎ自転車を漕いだ。十分やったのだ。幸い銀行に借金もない。ここで紙媒体としては幕引きをしよう、と仲間たちと一致した。

メディアに騒がれて二年、「あら、まだやってたの」の声にがっくりしながら八冊出して、今度こそホントの終刊です。またまた新聞は大々的に記事を書いてくださった。「下町のタウン誌の灯消える」。そしたらカンパのくることくること。上野の講談の「本牧亭」が閉場するというのでファンが押し掛けたときみたいだ。その前は客はぽつりぽつりで、だからこそ廃業したというのに。私もちょっとうらめしい。もっと早く下されば助かったのになあ。

（9月3日）

＊

マッカーサーの「老兵は死なず、ただ消えゆくのみ」ではないが、最後はすっといなくなるのがかっこいいと思っていた。なのに地域がゆるしてくれない。

東京・根津のギャラリーＴＥＮで八月二十一日から十日間、町のみなさんの手で「谷根千工房がやってきた！」が開かれた。雑誌『谷中・根津・千駄木』の一号からおまけで出た幻の九四号までずらりと並べ、棚に資料や思い出の品、壁には取材時の写真などを貼った。

私たちスタッフは会場にいて「長いことお世話になりました」とお礼を言っていればいいという。それでも夜は町の人と「いないいないバー」と称して飲みつづけ、家に帰れば気絶する毎日。いろんな人の反応にあらためて「谷根千とは何だったのか」を考えた。

獨協大学の岡村圭子さんは「シーニュ（記号）としての谷根千」を研究し博士号をとった。雑誌や新聞を分析すると、谷根千エリアのとらえ方は空間的にはさまざまだという。

台東区の寺町谷中、文京区の商人町根津、鷗外や漱石の住んだ住宅地千駄木だけでなく、ときに荒川区、北区にもおよぶ。実体はない、という人もいるし、成り立ちや雰囲気もちがうから一緒にされたくないという住民もいる。

やがて無名だったこのエリアは町歩きの人気スポットとなってゆく。あの辺に店を出したい、一杯やりたい、というあこがれのエリアにもなった。思い浮かべるのは路地、猫、寺、居酒屋、木造民家、職人、谷中墓地。いまではその「いいイメージ」によりかかって谷根千整骨院、谷根千歯科ができ、谷根千定食、谷根千グッズも売りだされる始末。本家の私としてはハズカシイ。商標登録しておけばよかったのにと言われると、ちょっとシャク。

でもこの雑誌がきっかけで、土地の歴史や古いたてものを大切にし、サンダル履きで飲み

あえる「幻の共同体」が生まれたことは確かだ。（9月18日）

*

私のように毎日東京の下町を見ていると、町はほんとに変わっていく。気に入っていた洗い出しの擬洋風建築、戦前の文化アパート、内田百閒が住んでいた下見張りの民家などがふいに消えた日はどきりとして落ち込んでしまう。目の中にぽっかり穴があいたようだ。

仕方がないかも。町は変化していくのが当然だし、塩漬けにはできない。でも行政の政策、ゼネコンの利益など、住民のあずかり知らぬうちに巨大再開発で大きく変わってほしくない。町の運命は住民が決める。空港になった田んぼ、ダムになった村、ふるさとを本意なく失った人がこの国にはどれほどいるだろうか。

二十二歳のとき、東大に留学して弥生坂を下りてきたらおとぎ話のようなかわいい町があった、と谷中に住みはじめたジョルダン・サンドさん。今は米国ジョージタウン大学の准教授だが、去年、研究休暇でやってきた。「どう、変わったでしょ」ときくと「そうお。あんまり変わってないよ」という。リスもいるし蛇もいるし、お寺も全部残っている。「町を大事にする気持ちはむしろ強まっているんじゃない？」そういわれるとうれしかった。

NHKのディレクターで谷中について最初に本格的な番組を作った米島慎一さんも久しぶ

りに来てくれた。「テレビの情報番組のせいで谷中銀座のコロッケ屋に人がならんでる。観光化しちゃってやあねえ」と私が言うと、米島さん、やんわりとたしなめた。「地方へいけば商店街はシャッターばかり。一軒残らず店が開いて繁盛してるなんて素晴らしいじゃないですか」。そう、そう思わなくちゃ。

それでもバブルをへて不忍通りなど幹線通りはマンションの壁だ。私はそこにかつて建っていた二階建ての民家を一軒ずつ思い浮かべる。すでに思い出せなくなっている。「壊す」という字は「懐かしい」という字と、なんと似ているんだろう。（10月8日）

＊

わが住む東京の文京区は昭和三十年代のピーク時には二六万の人が住んでいた。通った誠之小学校は六クラス、休み時間の校庭は立錐の余地もなく、五〇人もの子供を先生一人でよく面倒を見ていたものである。隣りの台東区もほぼ同じ。

いま、それより十万少ない。地価が高くなり、若い人が出て行った。バブルの頃調べてみたら、ごっそり減ったのは子育て中のファミリー層。しかしこのところ異変が起きている。

谷根千の町と文化に憧れる若い人がどんどんはいってきた。不動産屋さんが粋なことをいう。「2DKのマンションならこのへん一二万しますが、愛する二人が四畳半でもいいというなら二万八千円で探してあげますよ！」そんなふうに木賃アパートに住みながら、銭湯に通い、商店街で買い物をし、お寺の寄席を楽しみ、居酒屋で一杯やるカップルがふえている。「家が立派なのより、町が面白い方がいい」と彼らはいう。ひとりで小さな店を開店する若い人もふえてきた。青空洋服店とか、いろはに木工所とか。五坪ほどの店で服や靴や鞄やアクセサリーを作りながら、そこで売り、喫茶もできるようにし、時に寝泊まりまでしている。なんという多機能なゆたかな空間の使い方だろう。うれしいのは、やる気のある彼らに安く貸してくれる気っぷのいい大家さんのいること。

前に滋賀の長浜に行った。ここは黒壁という会社を立ち上げて、どんどん空き店舗を改築して店にし、観光化に成功したはいいが、周辺の賃料を押し上げたらしい。これで家賃二〇万ですよ、と借り主がぼやく。

東京都心の谷根千では、しかし五万で長屋を貸す人がいる。太っ腹な大家さんたちは経済でなく、若者を応援すること、楽しい隣人を得ることを考えている。（10月26日）

＊

「谷根千」の地域活動をやってよかった最大のことは、スタッフ十人の子どもがまるで兄弟のように町の人々に守られて育ったことだろう。一人もいわゆるエリートにはならなかったが、自分のやりたいことを見つけて楽しく生きている。

二歳くらいから雑誌の搬入、地図折り、宛名書き、配達、立ち売り、集会の手伝いと親にこき使われ、社会的な経験を積んだ子どもたち。ファイナルイベントにも駆けつけて、それぞれ司会、ライブ演奏やお菓子づくりでもりあげてくれた。

『反貧困』の著者、湯浅誠氏は、今の社会では属すべき居場所、助けてくれるべき親兄弟、仲間といった「ため」がないので、いったん会社を辞めると、あとは派遣からホームレスへと落ちる「すべり台社会」であると主張している。社会学者たちはよく「コミュニティが崩壊した現在」と枕詞のように使うけど、どうしたらコミュニティを再構築できるかはほとんど語ってくれない。

私たち『谷根千』の二六年はまさにコミュニティ再構築の戦いであった。数々の建物の保存運動、環境保護運動、子育てネット、介護と健康の拠点づくり、若者の借りられる共同住宅づくり、映画会、展覧会、まち歩き、情報発信……。そんなことの積み重ねによって出会った人々は信頼できる活動仲間、飲み仲間になっていった。

こういう活動、そして場を湯浅さんは「ため」というが、私は「町の縁側」とよぶ。縁側は人と人をつなげる「のりしろ」である。のりしろでつながっている限り、人は助け合えるから安心だ。会えば誰もどうでもいい話はしない。すぐ本質的な問題が提起され、解決にむかって会話が重ねられる。そうして出会った人々が「芸工展」「一箱古本市」「文京たてもの応援団」などをどんどん始めていく。

これらには子どもたち世代も実行委員に参加するようになった。私は邪魔をしないで、イベントをこっそり楽しむだけ。ちょっと楽隠居の気分。（11月11日）

＊

地域雑誌『谷中・根津・千駄木』は町おこしや活性化のために始めたものではない。せめて自分の住む東京の下町と歴史について知ろう、ということから始まった。小さな子どもを抱えた私たちにはそのくらいしかできることはなかった。

関東大震災や空襲の被害が比較的少なく、何代も続く住民が多い町。上野や本郷が近く、近代になると文士、絵描き、学者などが住み、逸話が多く残る。

はじめ、原稿を寄せてもらおうと思ったが、まず誰も書いてくれない。「作文は苦手なの」。たまに書いていただくと、町にいかにお世話になっているか、お礼や挨拶ばかりでちっとも具体的な記述がない。しかたなく押し掛けて聞き書きをするようになった。

最初は「いままでの八〇年の人生で何が一番印象的でしたか」というような茫漠とした聞き方をして、相手を困らせていたが、だんだん地域の地図と町の年表が頭に入る。人生を生まれたときから順にたどって聞く。延べ三千人ほど聞いただろうか。

『谷根千』は「ふつうの人の生き死に」、庶民史の集積であると同時に、二六年のうちに、庶民の目から見た町の移り変わりの記録となった。ジョージタウン大学のジョルダン・サンドさんは「『谷根千』は町のエンサイクロペディア（百科事典）。こんなのがある町は東京でも他にないでしょう」という。終刊後、ハーバード大学、エール大学、東京大学ほかから全冊揃いで注文があった。

古本屋の友だちがいうに「雑誌は時代を映す鏡。終刊になると今度は研究対象になる」。私はこの仕事で人の話を聞く楽しさ、それを活字で残す大切さに目覚めた。それが世代をつなぎ、記憶を継承するということだ。とはいえ私一人でできることは限られている。みんな自分の身の回りにいる人の話を聞き、記憶を記録に換えてはくれないか。「一人の老人が死ぬのは一つの図書館がなくなること」というではないか。（11月27日）

＊

「地方の時代映像祭」が終わった。二九年前、長洲一二神奈川県知事の「地方の時代」という提唱で、川崎市で始まり、埼玉県川越市に移り、いまは大阪府吹田市と関西大学の努力で行われ、私はこの数年、ふしぎな巡り合わせで審査委員長を務めている。

今年は沖縄戦の集団強制死、満州移民と残留孤児、長岡空襲、日本軍の毒ガス工場など戦争を扱ったドキュメンタリーが多く出品された。グランプリは静岡放送「日本兵サカイタイゾーの真実——写真の裏に残した言葉」。これも硫黄島ですすんで捕虜となった男の内面を描いたものだ。

戦争の証言を残すのはいまが瀬戸際である。兵士であった人は若くても八十を越えた。子どもとしての空襲や集団疎開を体験した人でも七十代に入る。NHKも今年、戦争証言に関する番組を多くつくり、またネットでも見られるようにしたが、放送するだけでなく、国民の文化的財産として保存活用することが望まれる。

神戸からはNHKスペシャル「阪神・淡路大震災——秘められた決断」が出された。これも当時、斎場手配からトイレ配備まで対応した市職員から聞き取りという手法で危機の中の苦悩と努力を描いた力作であった。

さてわれらが地域雑誌『谷根千』も、雑誌は終刊したが、二六年間に集めた資料のアーカイブ化には苦労しそうだ。後世の住民のための大事な仕事である。本、雑誌は言うに及ばず、町会名簿、卒業文集、商店街のチラシも大事な地域資料である。

聞き書きのテープ、メモ、写真、読者からの手紙も取扱注意。たまたま地域に「映像保存協会」があり、若い専門家たちが整理を手伝いましょうと言ってくれた。別に「映像ドキュメント」というグループと出会い、インタビューを映像で記録もしてくれることになった。終刊間際に降ってわいた強力な援軍に元気百倍だ。(12月14日)

(090903-091214)

『青鞜』創刊の地のマンション騒動

〈本郷区駒込林町九番地〉。明治四十四（一九一一）年十月、日本初の女性の、女性による、女性のための雑誌『青鞜』が発刊された歴史的な場所である。

当時は、同人の一人、物集和子《もずめかずこ》の家であった。『青鞜』は女性解放に貢献した雑誌として名高く、主宰者・平塚らいてうの名はほとんどの高校の歴史教科書に載っている。

そこが、どういう経緯でか電電公社の敷地となり、NTT駒込電話局となって長らく住民に親しまれてきた。いまそこの東京都文京区千駄木五丁目九番地、二〇九番地には、表側九階建て、裏側六階建て、高さ二七メートル、幅六八メートル、一一〇戸ほどの高層マンションが計画され、基礎工事が進められている。

その裏は静かな低層住宅地。高村光太郎や宮本百合子をはじめ多くの文化人、学者たちが住んだ駒込林町である。住宅地の奥まで鉤の手に買い足し、NTTの間口ぶん大通りに面しているのでかなりのボリュームのマンションが建つ計画だ。

建築主は東京建物株式会社とNTT都市開発株式会社。そういえば、東京建物の創立者安田善次郎の孫、安田楠雄邸（大正の木造建築）も近くにあって、地域に愛され保存公開されている。

近隣住民でつくる「千駄木五丁目の環境を守る会」の上田潔さんによれば、「まるでベルリンの壁」だそうだ。問題は、
一、南側にマンションが建つため、北側の壁に面する住民の場合、冬期三ヶ月は一階に日が当たらなくなる。
二、八四台から三四台に減らしたものの、駐車場へは幅三・二メートルもない一方通行の横道を通って裏から出入りする計画である。
三、敷地一杯に建てることもあって、上から見下ろされるというプライバシー上の不安が大きい。冷房の室外機の熱気、機械音も予想される。
——などの点だという。

これに対して説明会が何度か開かれ、地元住民側からは要望が出た。開発者側は十階を九階にする譲歩をした。が、他の要望には回答がないという。自治体である文京区は、確認申

請を認め、住民からの紛争調停の訴えには、開発業者を呼んで「協調してやりなさい」と言ったただけだ。このところ文京区の用途地域はどんどん緩和されて、中高層に建て替えなさい（そうすれば住民数が増える、税収が増す）というのが区の政策なのらしい。

住民によれば、すでにNTTビルの解体工事でも「震度3くらいの揺れと轟音」がしたというし、クレーンの先端が電線を切り、近隣のテレビ受信ができなくなるという〝事件〟も起こったという。

私は同じ文京区だが、白山の方に住んでいて当事者ではなく、民事の争いごとに口を出すわけにもいかない。

開発者側の言い分を聞くと、東京建物はブリリア、NTT都市開発はウェリスというマンションのシリーズ名をもっていて、広告ではそれぞれ「環境にやさしくサステナブル」「人と街と自然の調和する快適空間」をモットーとしているそうである。

よくあるマンション紛争の一つかもしれないが、図面を見る限り、私見ではそうしたモットーはとうてい達成されていないと考える。また、二つの点で意見が言いたい。

ひとつは、このマンションを売るに際しての開発者のうたい文句だ。ホームページによれば「歴史情緒に憩う谷根千の丘」「あの頃好きだった東京が今もこの街にはある」。写真は須藤公園、谷中銀座、低層住宅街、猫など高層マンションとは対極にある風景、私たち地域雑誌『谷根千』と仲間たちが、この二六年、一生懸命守ってきたものが選ばれている。

しかしその「歴史と自然が豊かに保たれている文京区」が、このような開発行為によって壊されないかどうかは疑問である。私たちが名づけた「谷根千」の名は宣伝に使ってほしくない。

開発現場には、リリー・フランキー氏の書いたエッセーが張ってある。「谷根千と呼ばれる土地をゆっくりと歩いた時」気づいたという。「この街は人を受け入れてくれる。人がつくった、人が主体の町だから」と。マンションに入っても住民はやさしく受け止めてくれますよ、ということだろうか。氏は、ホームページでも「ひしめくように建ち並んだそれぞれの家から、明日の天気予報や子供たちの声」なんて、まるで映画『三丁目の夕日』みたいなレトロな詩を書き綴っている。町にそびえるマンションの住人が、そうした懐かしさを求めたいときは、背後の「ひしめくよう」な路地を散歩すればいいということでしょうか。

もうひとつは、この開発がNTTの子会社だということである。NTTは民営化されたあとも電気通信事業に責任を持つのが筋だ。それこそがNTT法にいう「公共の福祉」であり ミッションだろう。そもそもNTTの持っている土地はほとんど、電々公社が官業であるがゆえに民営化前に優先的に取得したり、払い下げられたりした一等地だ。まさにNTT都市開発社長がいう「親会社からゆずりうけた優良な資産」は、電気通信事業というミッションのためにこそ活かすものであって、都市開発と冠した子会社が本業と関係のないマンションをつくって土地ごと売りとばす必然性はないのではないだろうか。

じつは団子坂を下がった千駄木三丁目でも、NTT用地で高層ビル計画が進行中である。こちらは一時スポーツクラブになっており、住民に親しまれていたが、突如閉鎖して八階建てで四九メートルという最先端の巨大コンピュータビルを建設することになった。電磁波障害やコンピュータの冷却排気音を心配する住民が反対運動を繰り広げている。ここも昔をたどると、都電の車庫跡を電電公社が公共用地として取得した跡地である。

一月三日の日経新聞には、郵政民営化の果て、簡易保険の掛け金で建てた「かんぽの宿」を安易に売らないことになったと出ていてほっとしたが、郵政よりずっと前に民営化したNTTについても、国民は暴走しないようにしっかり見張り続けなければならない。

私は文化庁の文化財保護の委員を八年つとめたが、国の史跡、名勝などの中にNTTドコモが携帯の通信基地を建てるという案件が実に多かった。「国民生活の利便のためやむをえない」ということで、結局は許可が出てしまう。これはたとえだが、平城宮址を見学中にまで携帯電話を使う必要があるかしら。

各地では電磁波被害を理由に建設反対の運動も起きている。というか窓から見渡すと近隣のマンションの屋上にも、携帯のための基地がいくつも建っている。近隣住人に何の許しも求めずに。便利さと電磁波被害で失う国民の健康とどちらが大切だろうか。ＮＴＴには、営利より国民生活「百年の計」を優先して考えてもらいたい。

ＮＴＴは元は国有であり、公共性の高い企業だ。だから一般の企業以上に、その事業は国民の監視、批判を受けて然るべきである。こうした問題を、新聞社の社会部が問題にしないのは、いくらＮＴＴが大スポンサーだとはいえ怠慢きわまりないことではないだろうか。

（101006）

NHKの〝番審〟で考えたこと

四年間、NHKの関東甲信越地方番組審議会の委員を東京代表としてつとめ、このたび退任した。番組審議会（番審）は放送法上、必要不可欠な権威ある機関である。関東甲信越各地からの委員のいろんな意見を聞かせていただき興味深かった。

政府の委員会では、官僚ばかりが説明して委員の発言の時間が少ないが、番審に関する限り、二時間のうちほとんど委員が意見を開陳していて、NHKの方々はメモの取り続けである。番組の構成、放送時間帯、ドラマやドキュメンタリーの作り方、バラエティの〝ダサさ〟、ニュースの常套句やアナウンサーの発音をめぐる意見まで、委員の発言は多岐にわたる。

どうでもいいようなニュースを定時に繰り返している、という意見もあったし、農業にしても天気予報にしても東京を軸に構成されている、という意見もあった。たとえば農家や漁師など生産者ではなく、消費者側に寄った解説が目立つとか、台風が東京をそれてよかったですねえ、みたいな言い方は困る（直撃された離島の住人はどうなるんだ）、という意見もあった。

大型の歴史や旅の番組などはアナウンサー、学者、タレントという三人の構成で進めていく場合が多いが、タレントはほとんど内容のある発言をしないからいらないのではないか、という意見も何度も出た（同感）。

私はニュースが官庁や大企業の発表ものに偏り、平和運動や環境保護活動など住民の動きをほとんど伝えていないという不満を繰り返し訴えた（それは他のメディアもそうだけど）。

もはやＮＨＫの番組に合わせて帰宅を急ぐ時代ではない。視聴者の都合で、パソコンなどで好きなときに好きな番組を見られるようにすべきではないか、という意見は多く、これに応えて「オンデマンド」放送が始まった。しかしこれも有料であって、すでに視聴料を徴収しているのだから、本来ならタダにするべきではないかと思う。このような意見を踏まえてか、オンデマンド視聴料は、当初一四七〇円だった「見逃し番組一か月見放題パック」が、来月から九四五円に値下げされることになった。

また、番組をＤＶＤなどにして売り出すのはいいが、一枚売りはなくて、大河ドラマや音楽番組などのセット価が諸外国に比べて高すぎるのではないか、というもっともな意見もあった。

全体にNHKの方々は、番組が誉められるとニコニコして満足そうだが、批判意見が出ると困ったような顔、または渋い顔をなさる。確かにNHKへはものすごい数の「番組へのご意見」が寄せられ、しかも政府や政治家などからの介入も過去あったように伝えられているし、標的にされやすく、そのうえモンスター・クレーマーもいるらしいから大変だとは思う。しかし「良薬は口に苦し」、厳しい意見をこそ参考にしてもらいたい。

私はドキュメンタリー番組が好きで、よく見る。見ていると、NHKは地方の民間放送局などとは比べ物にならないほどの多額の取材費で、そつなく番組を作ってはいるが、なんでその番組をつくったのか、という「作り手のくっきりした思い」が見えないものも多いような気がする。

海外の取材では、反体制の人々を評価し、応援するような優れた番組を多く作っているNHK（たとえばETV特集「映画監督アンジェイ・ワイダ　祖国ポーランドを撮り続けた男」）が、どうして国内についてはそうした権力批判の番組をなかなか撮れないのであろう。

ハンセン病や中国残留孤児の問題、八ッ場ダムの問題などについても、国が過ちを認めて方針転換してからやっと番組になる。国の〝後追い〟では事態を動かす力にはならない。

そして、番組をつくる〝手つき〟が同じなのである。「地方の時代」映像祭に応募してくれるのはうれしいが、誰がどうやって応募作品を選ぶのか、ある年などは過疎地の老夫婦ものが多数を占め、それぞれ映像はうつくしいし、できは良いのだが、ついつい首を傾《かし》げてしまった。

「ほとんどの人が山を下りました。子供たちは町に立派な部屋を用意して待っています。しかし長年慣れ親しんだこの土地、この暮らしを手放したくはないのです」と要約できる番組ばかり。なかには「山」ではなく「島を離れました」の場合もあるが……。イントロに美しい風景、絵になる老人の暮らし、そこにタイトルと音楽がかぶさり、ナレーションも「〜の暮らしを見つめます」。一転して「○○さん、八十四歳」などと始まる。

しかし、なぜ他の人は山を下りてしまったのか、島を離れざるを得なかったのか、一極集中と補助金漬けの政府の地方切り捨て政策にメスが入れられることはない。私はこうした「山間のほのぼの桃源郷もの」と「見つめます」には飽きたと、何度も番審で発言した。そうしたら、最近「見つめます」はやや減って、「迫ります」や「追いました」に変わったようだ。でも、番組の作り方はちっとも変わらない。

「当事者の痛みに寄り添う」も最初聞いたときは新鮮に感じたが、何度も聞くと常套句である。メディアが流行《はや》らせた「ネットカフェ難民」「名ばかり管理職」「貧困ビジネス」「限界集落」なども、言葉がそろそろ腐り始めているではないか。

しかしこれらの多くはいま、外部のプロダクションに制作がほとんど任されている。それで制作著作NHKというのはちょっと解せない。またNHK内にも創造性のある番組を作れるだけの力のあるディレクターがいるのに、ちゃんと作る環境を与えていないように思う。

初期のテレビは、「電気紙芝居」などと言われて「一瞬の消えもの」だった。フィルムも高く、繰り返し使ったので初期の名番組でも残っていないものもあるという。しかし文化の継承という点から見ると、視聴者がつぎ込んだ視聴料を使ってつくった良い作品はアーカイブとして蓄積、活用、公開することが望まれる。

著作権処理のできたものから、埼玉県川口市のNHKアーカイブスなどで視聴できるというが、まだまだその数は限られているし、わざわざ足を運ばなければならない。

再放送が増え、番組が「消えもの」でなくなってきたなら、もう少し、書誌や典拠もしっかりすべきではないか。本を書く場合は引用には典拠を示し、先行研究を参考文献にあげるのは当たり前の話だが、テレビ番組では資料映像の使い方もあいまいではっきりしないし、同じ題材をあちこちで番組にしていても、先行番組への言及がないのは不思議だ。

私はかつてインタビュアーとして、大阪フィルハーモニー指揮者の朝比奈隆氏や、京都大学名誉教授で造林学を森林生態学に変え、里山という言葉をつくった四手井綱英氏の番組制作に関わった。「碩学の言葉と映像を残す」という趣旨に賛同し協力した。亡くなった際に、その人の業績を振り返り銘記することは、その業績を永遠に輝かせる大事な一歩だと思うからである。

阿久悠さん、森繁久彌さんのような国民的スターだと追悼番組をよくやるが、こうした日本の学術、文化に貢献した人々の大事な映像と遺言を、せめて教育チャンネルでも逝去の際は放送したらどうだろうか。

以上、NHKを応援するつもりで、委員をしながら考えたことの一端（まだほかにも膨大にあるけれど）を書いた。

（100127）

税金の使い方が下手な国

年度末の二、三月になると、東京中の道路が工事で渋滞である。タクシーの運転手さんによれば毎年のことで、これは土木予算を年度内に使い切るためなのだそうだ。

本当に必要な工事、たとえば老朽化したガス管を取り替えるとか、なら納得がいくが、近所でも毎年同じようなところをほっくり返して舗装しているのを見ると税金の無駄とおもう。ガスや下水道や電気などインフラは、計画的にまとめて工事すればいいのに。

それと同じような無駄がソフトの分野でも多い。知り合いの町づくり関係者たちの年度末は忙しい。突然、「来て話してくれませんか」と言われたりする。

補助金を使い切るための、そして来年ももらうための〝泥縄講演会〟を各地でやるためである。農業、商業、工業の各分野でも同じことであろう。オリンピックの開催誘致に負けたあとにも誘致イベントを開いた自治体があった。そこに呼ばれたスポーツ選手などへの高額な出席謝金は、もっと困っている人のために使われるべきであった。

ことしも、いくつもそんな相談を受けた。ある世界遺産登録を目指している町では、自民党政権のうちに一五〇〇万円もの子どもに関する文化プログラムの補助金の獲得に成功した。しかし夏にもらって、計画を立てるのは秋になり、実際に行われるのは年を越した二、三月である。

こういうお役所の単年度主義はもういいかげんやめてほしい。結局、手をかけ暇をかける時間がなく、世界遺産の選定に力を持つ海外の学者などを招いてシンポジウムを行うことがメーンのイベントとなった。あらら、子どもはどこに行っちゃったの。子どもを対象にしたワークショップも行われるとは聞くが、子どもを主人公にした文化や町作りのプログラムを本当に構築するには時間と手間がかかるものなのだ。子どものためと言いながら、大人の都合や自己満足のために行われるイベント、ワークショップのなんと多いことか。

さて私の住む町でも突然、都議会議員が予算を引っ張ってきたらしく、三千万円もの税金を投入して二日間、「谷根千まつり」なるイベントが区を超えて行われることになった。急ごしらえなので広告会社が入ったが、税金はイベントのプロにずいぶん持っていかれたであろう。

住民が、自分の頭で考えて、みんなと練って、やりたいことをやるのではなく、結局、政治家にいわれた町会長、商店街長などの指示により、よくわからないままにこき使われるだけ。女性は割烹着を持って集まれ、と茶菓の接待などに追われる。何の満足感も残らないこうしたイベントは住民の成長にもつながらず、地域振興にも役立たない。やめた方がいい。

私が畑を持っている東北の村でも商工会議所が二千万円の予算をとったが、コンサルタントを頼むと二、三割くらいは抜かれてしまうだろう。案の定、土地の実情も知らないコンサルタントの青年が二人やってきて、結局、県庁所在地の目抜き通りに高い賃貸料で町のアンテナショップを出して、地元産品を並べることに相当のお金を費やすことになった。こういう話を聞くと、情けないなと思う。自分の頭でプランを考えられず、コンサルタントという都会の業者頼みにする地元の自治体も、商工会議所も、住民も。

とにかく地方に行ってみると、過疎地振興対策費とか中山間地なんたらとか、電源開発地域かんたら、ウルグアイラウンドなんたらといった、〝なぞの補助金〟が湯水のように流れてきて、それで建ったなぞの公共建築も多い。ちょっとやる気のある、目立つ住民は、こういう補助金で日本中ばかりか海外まで視察して歩く。本当に対策が必要な山の中の寝たきりの夫婦は何の助けもないまま、おたがいおむつを替えあったりしている。

行政との距離が遠く、個人には補助金などの流れて来ない東京では信じられない風景だ。もちろんコンサルタントの中には、まじめで、何度も通って住民の話を聞き、良いプランをまとめる人もいるが、私の四半世紀の経験によればごく少数で、マニュアルをその地に合わせていじくって、あとは似たような計画ですませる人の方が多いような気がする。

少し希望のある話をしよう。石川県能登半島にある七尾市一本杉通りに私は縁ができて、魚もおいしいし人はやさしいし、気に入って通っていた。北前船《きたまえぶね》の港であり、古い町並みが残っている。

醬油、蠟燭《ろうそく》、仏壇、海産物などを手でつくり、心をこめて商う店がある。たまたま国の登録文化財の話をしたら、興味を持った町会長はじめ持ち主が、さっそく市役所を通じて五件を登録した。その家々を見に来る人が増えた。そこで能登の風習である花嫁のれんがタンスや蔵にしまわれているのを出して、五月の大型連休に店先に飾ることにした。また来る人が増えた。

来る人に町の歴史、店の歴史を語り、交流するのが楽しみになった。一本杉通りに「語り部どころ」の標識を出した店は二四軒にふえた。がんばっているからと商工会議所がこの町に七百万円くらいの補助金をとって来てくれた。せっかくもらった大事なお金だ。語り部の語る話を「まゆみさん、記録してくれんかね」と町の人に頼まれ、私は夏中、五回通って二四軒の話を丁寧に聞き、地域の写真家と町ゆかりのイラストレーターと地域の印刷会社に頼んで『出会いの一本杉』という冊子にまとめた（別れの、じゃないですよ）。ちゃんと労働に見合った報酬もいただいた。

カラー印刷の、豪華だが中身は浅い観光パンフレットではない。六四ページの簡素な冊子だが「わたしたちの町の、家の歴史」が記録された。何より良かったのは、子どもが、隣同士が、「一本杉にそんな歴史があったんか」と気づいたことである。

そのうち東京で「花嫁のれん展」をしてみたいということになり、ビルの壁に飾るよりも、というので千駄木安田邸という大正の近代和風建築を紹介した。お屋敷の畳の間、長押のある部屋に暖簾《のれん》はよく映え、一週間で五千人以上が訪れた。その後、安田邸を運営するボランティアスタッフや来場者が七尾に旅行へ行ったり、七尾から東京に来たりして地域間のあたたかく、ゆっくりとした交流が生まれた。

今では七尾の一本杉には、近くの和倉温泉からも見学者が訪れるようになった。車で十分くらいのところなのに、今まではなかった人の流れだそうである。コンサルを入れずに、自前のアイディアで町はずいぶん元気になった。

あるところにはお金はあるものだ。この国の政府やお役所は税金の使い方が実に下手だ。

でも上手に使わせるかどうかは住民にも責任がある。

（100218）

何でも「個人情報保護法」には泣かされる

雑誌『東京人』に連載した「望郷酒場を行く」をまとめて本にするために、かけずり回っている。

私は地味な評伝を書くのが主な仕事なのだが、生来、食いしん坊でもあって、月に一回、飲んだり、食べたりする連載の仕事も楽しかった。『明治・大正を食べ歩く』『懐かしの昭和」を食べ歩く』（いずれもＰＨＰ新書）なんて老舗の本も出したが、これらはグルメ案内ではなく、それぞれの店の歴史を聞き書きした本だ。もうおいしいお店の紹介だけでは「ぐるなび」に負けてしまうからね。

『望郷酒場』も酒やつまみのうんちく本ではなく、各地から上京した人々によって成り立っている東京という都市を、その視線でとらえてみたかった。それにしても東京という町の回転の速さ。三、四年前に取材した店がない。経営者が変わった。メニューが大幅チェンジ、移転とさまざま。東京で自分の店を持ちたい、と夢ふくらませる若者は多いが、やっと店を持てた人のうち一年以内に撤退する例は多い。厳しいものだなあ。それで本にまとめるさい、再取材や店を変更せざるを得なくなったのである。

厳しいのは店主だけではない。取材する私たちもけっこうたいへん。編集者がやっとアポを取り付ける。開店前の仕込みの忙しい時間に行って私は話を聞く。写真家は料理を撮影する。店が開いたらお客さんたちの杯片手の楽しそうな表情を撮る。友だちには「おいしいもの食べられていいわねえ」とうらやまれるがとんでもない。このご時世、取材費は少なく撮影は三品まで、話はカウンター越しの立ち話、冷えた料理を少しだけ味見するということも。

一番困るのはお客さんを写せないこと。二〇〇三年、個人情報保護法というのが成立してから、お客さんは写されたがらない。写すことを拒否できると思っているらしい。

もちろん夫婦でない男女もいるし、上司が部下の相談にのっているだけだって見ようによれば誤解を生む。そういうケースはもちろん配慮するが、和気藹々《わきあいあい》の部活帰りや社内グループならいいんじゃないか、と頼んでみると、誰かが「個人情報保護法だよ」、これが鶴の一声、「そうだ、やめとこう」となる。しかし個人情報保護法とはコンピュータなどによる個人データの流出を取り締まるのが本来の趣旨のはずで、この法を取材拒否の口実にするのは

「使い方が間違っている」ような気がする。

だから雑誌をごらんなさい。最近の店の写真は無人のテーブルとイスばかりなのである。なかにはすばらしい店主もいる。神田のそば「まつや」さんでは主人が「今日は取材が入っております。お客様にはご迷惑御かけしますが店内を撮影させていただいてもいいでしょうか。写りたくない方はちょっと横を向いててください」とユーモラスな挨拶をしてくれた。満員の客はどっと笑い、「いいよ！」「おれ、写して！」とかけ声がかかり、和やかなムードのうちに撮影できた。これは客層がよく、店主に人徳があってできる芸当である。

店の中にも取材拒否というところがある。「載ると常連さんにご迷惑がかかりますから、ごめんなさいね」といわれればまだ救われるが、ぴしゃりと門前払い、理由を聞くと「個人情報保護法です」。お客で店内や料理を写し、自分のブログに載せている人も多いというのに、雑誌や新聞は取材拒否とはこれいかに。

載せてやるから金よこせ、タダで食わせろ、といったエラそうな取材者に懲りたという話も聞く。しかし私たちのチームはもちろんお店からお金をいただかないどころか、飲食した分はきちんと払っている。「宣伝費と思ってうちは取材の方からはいただかないことにしているんですよ」という奇特なお店以外は。

地域雑誌『谷中・根津・千駄木』をやめると決めたとき、たくさん記事にしていただいた。そのなかに「個人情報保護法で取材がやりにくくなって終刊に」という見出しをつけた新聞があった。きっと記者さんの複雑な思いがあってのことだとおもうが、よくよく考えてみると当たってないこともない。

雑誌をはじめた二六年前、一九八四年ころは世の中がもっとのんびりして、人を疑わなかった。あけすけな家の歴史を載せても文句を言う人はいなかったし、建築の調査で取った家の間取りを載せても許された。谷中や根津で犯罪はごくすくなかった。それがバブル期に地上げ屋が入ってきた頃からみんな警戒しだした。

それに追い討ちをかけるように個人情報保護法である。個人史の聞き書きをメインとするわが雑誌には逆風がじわじわと効いた。個人情報保護法には言論・表現の自由を確保するため著述、研究、報道などに携わる者は適用除外をもうけているのだが、ほとんどの人はそれを知らない。

「勝手に他人撮っちゃダメ?」(朝日2月13日)は肖像権という観点から人を写すルールとマナーについて考えている。一言断って写しましょう、といってもそれでは自然な表情やしぐさは撮れない。「スナップは近代写真表現の王道」という写真評論家の金子隆一さんは「スナップのすそ野は急速にしぼんでいます」という。携帯で誰もが気軽に撮影するようになり、マナーが問われる半面、「まあいいだろうという許容度が、日本社会からだんだん失われている」と写真評論家の飯沢耕太郎さん。その通りだと思う。

新聞やテレビでも不特定多数の人の群れなどは写しにくくなった。ドキュメンタリーでもモザイクや声を替えることで、個人の特定を避ける傾向にある（モザイクなしで出演してください、という粘り強い説得が足りないという面もあるが）。

このところ、映画祭にかける古いドキュメンタリーを毎日のように見ている。みなおおらかに方言で個人の内面をかたり、本音で意見を言う。よくこんな映像を撮れたな、と感心する一方、いまじゃ絶対撮れないな、とあきらめる。こういうとき、私はいつも谷崎潤一郎の『刺青』の冒頭をおもいだす。「其れはまだ人々が「愚」という貴い徳を持って居て、世の中が今のように激しく軋みあわない時分であった」。ちょうど百年前の言葉だ。

何にでも「個人情報保護法」を盾にするような態度のなかで、表現はかじかみ、表現者はじわじわ息苦しくなっている。それは社会そのものの息苦しさにつながっていないだろうか。


（100402）

おたがいさま、という相互扶助の精神を持つ人たちが、谷中や根津の路地にはまだかぼそくも生きている。

しかし下町ブームのなかで、それは記号となり、絶滅危惧種か、文化人類学の対象のようになって、いまや見学客たちがのぞきにくるようになってしまった（これもメディアのせいかもしれないけれど）。

かつて路地について三年かけて調査したことがあった。路地の定義から簡潔にはじめてみよう。

路地のゆくえと防災

路地は行政の経営する大道でなく、暮らしの中で必要に応じてできた狭い道である。よく横町と混同されがちだが、私道であることが多く、入り口に段差などの〝結界〟があって、不特定多数のものが入れる空間ではない。植栽がされ打ち水がされ、猫の通り道があったり、住民の憩いの場となっている。

車が入らないのでおままごと、水遊び、花火、夕涼み、おしゃべりなどを心置きなくできるシェルターとなっている。崖や塀に向かって行き止まりのことも多い。火事を防ぐ火伏の稲荷、井戸などがセットされていることもある。

路地の両側にはかつては長屋があったりして、東京の場合、地方出身者がそこでコミュニティをつくり、おたがい助け合ってどうにか生きて来た。醬油や味噌の貸し借り、おかずを分け合う、旅行の際の留守番、共同の子育て、初午や潮干狩りなどの行事も行われた。

それらを歴史性と切り離して〝下町の人情〟として称揚するが、それはその日暮らしの貧しさの表象でもあった。

「お米買えないときは前掛けの下に升を隠して貸してっていったのよ」「狭い路地で天ぷらを揚げたら、その匂いだけかがすわけにいかないじゃないの」「実家から芋が届いたのだってみんな見ていたんだから」。路地ではそんな声を聞いた。

しかし路地は壊れつつある。地主や大家が相続で手放して、こけおどかしなマンションになったり、ミニ開発で建て売りが建ち並ぶ。

行政は来るかもしれない直下型地震の前に、耐震耐火をすすめ、路地を拡幅して消防車が通り抜けできるようにしたいと考えている。

そのようないま、日本建築家協会関東甲信越支部城東地域会が二月二十六日、「粋な下町暮らし――東京下町木造密集地の防災と景観」なるシンポジウムを開いたので参加してみた。建築家、都市計画家や研究者の意見を聞いていて思った。二〇年前とはなんて違ってきたのだろう、と。

一九六〇年代からバブル経済の八〇年代までは、こうした下町についてはスラムクリアランス的な大規模再開発が主流であった。木密（木造密集市街地）をきれいさっぱり一掃して不燃化高層化し、むやみと広い道、高速道路、ペデストリアンデッキ、緑地帯などを作る。いわばル・コルビュジエのいう「輝ける都市」である。

しかしそんな自動車優先の非人間的な、ゾーニングによる単色の、コミュニティの育ちにくい町に暮らしても楽しくない、とみんな経験的に気づいてしまった。コルビュジエへの批判は六〇年代のJ・ジェイコブズ『アメリカ大都市の生と死』にすでにはじまっている。

ヨーロッパでは中心市街地の歴史的建造物を大切にして、車を入れず、レストランや喫茶店、ショップなど歩いて楽しい回遊的な町がたくさんできていった。「パーク・アンド・ライド」や「コンパクトシティ」は流行語になった。官僚や企業がとびついて、やや彼らの旗印になりつつあるが。アメリカでもサンフランシスコやニューヨークのグリニッジビレッジ、ソーホーなどで人間らしいきめ細かな町づくりがすすめられた。日本では相変わらず規制緩和の名の下、スーパーブロック方式の再開発がいまも行われているが。

建築家、都市計画家たちが反省を込めて、アジアやアラブ世界も含め、世界中の路地や横町の魅力を語るのには驚かされた（NHK「世界ふれあい街歩き」も路地の魅力発見番組ですねえ）。

しかし路地の現状にただ手をこまねいていていいわけではない。

直下型地震はかなりの確率で起こる。「災害は忘れたころにやってくる」のである。それに備えるため、できることをしなければならない。

筋交いという斜めの構造材を入れることで家の強度は増す。外壁を不燃性の高いものに替える。行き止まり路地の解消、危険なブロック塀の撤去、墨田区・向島の路地尊のような雨水利用の防災タンクの設置もおススメだ。

また防災が専門の佐藤隆雄氏は、首都圏で大地震が起こったあとでも、市場原理の下に跡地をデベロッパーが買って借家人を追い出し、コミュニティを壊すような再開発を行わせない方策、高くつく上に廃棄物となるだけの応急仮設住宅でなく、コミュニティを壊さない住民主体の自主再建を応援する補助金制度、被災者生活再建支援法の整備などを提唱しておられ、賛同できる。

「路地の魅力を残しながら安全性を高める」方策をもっと多彩に考えていきたい。

私が付け加えたいのは、木造の路地の多い町では防災に対する意識は高いということだ。小さい頃、「火事を出したらこの町には住めないから」と親からは徹底した「火の始末」教育を受けた。江戸では八百屋お七に見るように、放火は死罪と厳罰でのぞんだ。いまでも冬になると町会は夜中、火の用心と拍子木をたたいて町を回っている。そういうソフトの知恵も大切ではないか。

阪神大震災でも神戸・長田区の真野地区などながらくコミュニティづくりの活動があったところでは、住民同士が隣近所をよく知っているので、協力して救援活動が進み、死傷者は他と比べてかなり少なかったという。「あのおじいちゃんは奥の六畳の右端に寝てはる。そこを掘って」といって助かった例もあるらしい。

まあ、路地の住民には「百年に一度来るか来ないかわからない震災のためにいまの暮らしを変えるのは嫌だ」「地震が来たら死ぬからいいよ」という人がいる。こういうのはノーテンキというのかな。私はもっともだとおもうのだが。

（100423）

タケノコざんまいの五月

宮城県丸森で畑をするようになって四年め。

今年の四月は寒冬の末の実に悲惨な春だったが、ようやく里山も寒さが薄らぎ、桜も見終え、五月連休は絶好の田植え日和であった。私も自分の畑にナス、キュウリ、トマト、ピーマン、ツルムラサキ、パセリ、セロリ、などの苗を植え、ホウレンソウの種をまいた。といってても遅霜が下りることがあるので、モロヘイヤ、オクラ、ニガウリなど熱帯原産のものはまだ植えられない。つぎに行くのは六月初めなので隣りの真理ちゃんが、いないあいだに適当に苗を植えておく、といってくれた。

この時期のもうひとつの楽しみはタケノコ。掘りたてのを村中で売っている。丸森は宮城県随一の孟宗竹《モウソウチク》の産地。大きなのが二百円、三百円という安さ。このまえも畑の土起こしを頼んだおじさんに、ハイ、煙草代、と千円差し上げると、こんなのいらないのに、と次の日、自分ちの裏山のタケノコを二本、持ってきてくれた。

さあ、なににしよう。タケノコご飯、若竹椀、チンジャオロース、厚揚げとお味噌汁、もちろん天ぷらと頭はわくわく駆け巡る。この時期、タケノコ食べ放題という感じだ。

そのほかコゴミ、タラノメ、シドケなどの山菜も出て来る。うちの畑にもつくしやフキ、裏の林にはウルイやワラビがある。せっかく空が青いし、雲もゆうゆうと行くのにこの時期、足元ばかりを見て歩いてる。それらをおひたしや天ぷらでいい気になって食べていると、顔にぽつぽつが出たり、頭の中がかゆくなって来る感じ。春先の山菜は精が強いから食べ過ぎない方がいい、という人もいるし、山菜は体の毒素を出してくれるのでおしっこや汗で出ない分が吹き出物になるんですよ、と教えてくれる人もいる。


今年は丸森の友人が自分の山のタケノコ掘りに誘ってくれた。

ご母堂が先生である。素敵な日よけ手ぬぐいをかぶり、タブリエのような上着に長靴姿のほっそりしたお母さんは、慣れた足どりで急斜面をすたすたとのぼってゆく。運動不足のこちらはハアハア息を切らせてそれを追う。手入れが悪いから掘りにくいんですよ、とお母さんはクワを振り上げる。私もやってみたが、馴れないとへっぴり腰で力が入らない。下手すると腰を痛めるよ、と友人がスコップに替えてくれた。確かにこちらの方がラク。タケノコの周りに張っている根をスコップに体重をかけて切り、ぐっと起こす。ミリミリ、と音を立てる感じでタケノコが掘り起こされる。なんだか奥歯の親知らずでも抜くような感じ。

タケノコは重い重い。茶色のごわごわした毛がはえそろい、小太りな姿はイノシシみたいである。やりだすとコツもつかめてどんどん掘って、山から運び下ろせないくらいな量になった。

助かるわ、亡くなったじいちゃんと二人、ずっと山の手入れもできなくて、これそのままにしとくと竹になっちゃうんだもんね、と聞いてあらためて上を見上げる。真っ青で太い竹が空に伸びて山は昼なお暗い。

ますぐなるもの地面に生え
するどき青きもの地面に生え
凍れる冬をつらぬきて
そのみどり葉光る朝の空路に——

という萩原朔太郎の詩「竹」が教科書に載っていたのを思い出した。

まさにそのような景色である。それに朔太郎のうたったとおり、「けぶれる竹の根はひろごり」たけだけしく、なかなか手に負えない。

山村における過疎化、人手不足は森林の放置を招き、そのため全国で竹が跋扈している。竹林はたしかに「ひろごり」すぎた。そこで竹を伐採して、竹製品を作るとか、竹炭を焼く、竹酢液を作るとかの努力が始まっている。丸森でも筆甫《ひっぽ》の目黒さんのを私は使っているが、竹炭は殺菌、消臭効果に優れ、冷蔵庫に入れて除臭、水に入れれば塩素やゴミを吸着してミネラルウォーターの出来上がり、部屋においても空気を清浄にし、安眠効果がある。竹酢液はおふろに垂らすと天然ミネラルを補給し、ぽかぽか温まり、風呂掃除もラクだ。なによりこのスモーキーな臭いが私は好き。

いっぽうタケノコは丸森町耕野地区の八島哲郎さんを中心に「たけのこの瓶詰め」「たけのこカレー」「たけのこごはんの素」などの商品開発を行い、「たけのこ掘り体験」も始めて人気だ。中山間村で食べていける仕事を作るという点でも大事だし、未来に向けて環境を整えることにもつながる。

全国でもいろいろ竹やタケノコ関係でがんばっておられる方が多いと思うが、ちょっと第二のふるさと自慢をさせていただきました。

タケノコは一日四尺伸びるという。この季節はめちゃくちゃ忙しいので、うちの娘も〝猫の手応援隊〟で丸森へ向かったところ。私の方は入れ違いに東京に帰って、タケノコを茹でたところ。上の方を落とし、三、四枚は皮をむくが、皮ごと茹でるのが要諦である。米ぬかを入れて、茹でおわってもその煮汁の中でさます、これも大事（米のとぎ汁で茹でてもよい）。茹でたてタケノコを刻み、残ったハムと炒めて日曜の昼はビールを飲んだ。うまし。

でもね、タケノコは五月に限る。保存食品として一年中、出回っているのは中国産など外国ものと見ていい。だからこんな竹林だらけの我が国でもタケノコの自給率は八パーセント程度。たしかに掘って、茹でて、保存して、を自分でやってみると、この大変な作業、人件費の点から外国産になるのも理解できなくはないが、どっさりのタケノコを眼前にする私にはきわめて信じられない数字なのだ。

（100519）

アイルランドで日本を思う

五月、アイルランドに画家の安野光雅さんはじめ尊敬する友人たちと四人で行った。二週間かけて車でゆっくりまわった。

アイスランドの火山噴火による煙でヨーロッパの空港は閉鎖され、ひやっとしたが、二、三日前にやっとダブリン空港も再開したという運のいいことであった。

北海道くらいの大きさの島である。人口は四五〇万。ほんとに、人より羊や馬の方を多く見た。レンタカーを駆ると実に雄大な景色である。山の中を行くと赤茶けた山肌に低い灌木が続く。緑なすゆるやかな牧草地帯もある。海辺はどこまでも石。モハーの断崖も息をのむ絶景だったし、世界遺産ジャイアントコーズウェイあたりも岩また岩である。

そのむかし、ドキュメンタリーの名作といわれる『アラン』を見た。一九三四年制作、監督ロバート・フラハティ、アイルランド西岸沖のアラン島に住む素朴な半農半漁の生活を描いたものである。素朴ではすまない。自然と戦う厳しい生活といった方がいい。

海は荒れ、魚の網は流され、人間までもが波にさらわれそうになる。男はツルハシで岩を砕き、女は海藻を籠に背負って運び、岩の割れ目に海藻の床をつくってその上に種をまく。重労働だ。着ているものは手紡ぎ手織りの粗末なものだし、ランプに使う油を取るために男たちは巨大なウバザメと二昼夜たたかう。

そんな生活はもうないかと思っていたら、おなじように岩間に種をまく老人を見た。

毎日B&Bでのシャワーに飽きて温かい海藻風呂に入りにいくと、この海藻は一回一回取り替える、そして砕いてオーガニック肥料にする、と壁に書いてあって、いまも同じようなことをしているのだな、とおもった。

アイルランドはEUに加盟する共和国だが、アイルランド島の東北部はイギリス領北アイルランド。IRA(アイルランド共和軍)のテロなどがあったのはそう古いことではないが、一九九七年の停戦以来、このところは平穏がとりあえず維持されている。ボーダーらしきものはなかったけれど、イギリス領に入ったとたんにユーロが使えず、ポンドの世界になって、水やビールも買うのに難儀した。

城塞都市ロンドンデリーは歌で知っていた。城壁の外に一九七二年、イギリス軍の発砲で市民一四人が死んだときの追悼碑がたっていた。ベルファストではたまたまオペラハウスの隣りのホテルに滞在し、スコティッシュバレエを観に行くと、「ロミオとジュリエット」の両家の紛争で英愛両国の諍いを想起させる演出だった。そのオペラハウスもテロにあって、ながらく封鎖されていたと聞く。

アイルランドはEU諸国の中では辺境といってよい。一八四〇年代のジャガイモの不作では餓死者が多出、移民はコーヴという港町からアメリカなどを目指した。国民は四五〇万なのに世界中に八千万のアイリッシュがいるという。その子や孫でアメリカ大統領になったのがケネディやレーガン。オブライエン、オハラ、オコンナーなどはアイルランド系に多い姓だという。やはりアイルランド移民のジョン・フォード監督は『静かなる男』で主演女優のモーリン・オハラとアイルランドのゲール語で話すのを楽しみにしていた。

経済はひどい、と現地の人はいうが、車で走るとかわいらしい町が現れ、教会やお城を中心にショッピングモールがあり、ちゃんとしたレストランやホテルがある。夜になると地元の人たちが町のバーに繰り出し、ギネスに代表されるエールを飲み、歌い騒いで寝られない夜もあったが、すべてが大都市に集中しがちな日本よりいい。イタリアへ行ってもそうだが、小さな町が自立して活気があり、すみずみまで血の通った感じがある。

そしてダブリンのタクシー運転手が言ったとおり、アイルランドの田舎の人々はみな親切でフレンドリーであった。レストランで私がドアを開けられないでいると何人もが駆け寄って開けてくれるし、山中で車がパンクしたときも、通りすがりの人たちは必ず車を止め、どうしたのか、と心配してやって来て、連絡を取ってくれ、ことなきを得た。

驚いたのは風景の中にコンクリートなど人工物の占める割合がきわめて少ないことである。山岳部にもガードレールなどない。つっこんでも芝生や黄色いエニシダの灌木ならそれほど大事故にはなるまい。日本でよく見る醜いコンクリート擁壁もない。高圧鉄塔の林立もない（風力発電機は多く見た）。木の電柱は風景にとけ込んでいた。これはアイルランドに公共工事の予算がないためなのか？　そうではないだろう。余分なものを作らないだけだろう。

京都府在住で日本の風景を残す活動をされて来たアメリカ人アレックス・カーさんは日経新聞（5月17日）ではっきり述べている。日本の公共工事はペースを緩めながらも続き「これ以上の環境破壊を防ぐという視点は欠けている」

「日本の公共事業の大きな問題点は、自然を不便で危ないものととらえ、自然を制圧することが近代化、発展ととらえるところにあります。石が落ちると危険だと言って山をコンクリートで覆ったりするのがいい例です」

これは江戸時代から続く考えではなかろう。近代というか戦後、に入って土木産業で食う人が多くなり、それが官僚や天下りと結びついてこうした構造になってしまった。「かつて山紫水明といわれた国土がどうなっているか、その目で確かめてほしい」

読売新聞（5月15日）では片山善博慶大教授が鳥取県知事時代、県庁中枢の財政課や土木部を中心に「誰のための公共事業なのか」と問うと「困っている建設業者のためだ」と悪気なく答える職員もいた、と証言している。

アイルランドの風景の中に、そのような不必要なコンクリートはほとんどなかった。営々と人々が手で積み上げたストーンサークル、墓石、石垣や砦や蜂の巣《ビーハイブ》と言われる住居はあったが、それらは積み上げた手の温かさを伝える構造物であった。民主党は「コンクリートから人へ」という画期的な呼びかけを参院用マニフェストの原案から削ってしまったが残念だ。新首相には復活を期待したい。

政治的には、アイルランドはイギリス（イングランド）にさんざんいじめられてきた。一一七〇年代にヘンリー二世の治下にはいり、一六四九－五三年にはクロムウェルがアイルランドに侵攻、多数（一説には万単位）の犠牲者を出した。

一六九〇年ウィリアム三世と名誉革命で退位した前王ジェームズ二世の内戦の舞台となったボイン川の戦場にも行った。これらはカトリックとプロテスタントの宗教戦争の面も持っていた。それでもギリシア・ローマ文明とはことなるケルト文化の古層はいまもアイルランドに色濃く残っている。

ダブリンに戻ってトリニティ・カレッジでうつくしい「ケルズの書」を見たとき、イギリス＝アイルランド関係に日本＝沖縄関係の記憶がたぐりよせられた。古くからの独特の文化を残していること、辺境であり、つらい目に合わされたからこそ生まれる文化というものもあるのではあるまいか。アイルランドではたとえば文学を見てもスウィフト、イェーツ、バーナード・ショウ、シング、ワイルド、ベケット、ジョイスまで、なんと豊かな水脈を保っていることか。


辺境には辺境であるがゆえの独特で力づよい文化がのこっている。だからといって辺境に差別や抑圧を続けることはゆるされない。鳩山前首相ははじめて沖縄だけに基地を押し付けている痛みを公式に問題にした首相だった。沖縄から基地を減らす、あるいはなくす絶好のそして最後のチャンスだったかもしれない。その言葉が、政治家としては木の葉を裏返すほどの力を持たなかったとしても、言ったことの重みは残る。アメリカの代弁者のように核抑止力の大事さをいい、世論をつくろうとするジャーナリストや学者より、よほど好感も持つ。

核の傘とは、頼みもしないのに勝手にさしかけられた傘であり、在日米軍は日本を守るためではなく、アフガンやイラクに出撃するのに必要だからいるだけだ。それは日本にとっては危険きわまりない。もう相合い傘での道行きはいやだ、と言うことは可能だ。憲法上、みずから攻撃しない国、二度も原爆を落とされた国に核兵器で攻撃してくる、なんて国はありえない。政局多事にふりまわされず、いまこそ国内で本質的な討論を重ね、独立国家として対等に安保について交渉できてはじめて「もはや戦後ではない」といえるのではないだろうか。そんなことを遥かアイルランドで考えていた。

(100610)

重文銅御殿に隣接するマンション

わたしの住む東京都文京区は山手線内の住宅地。といってリッチな人ばかり住んでいるわけではない。大きな盛り場もない。東京大学を含めて文教施設が多い。区は「歴史と文化を守ってよりよい環境を作る」と政策ではうたっているものの、実際に環境悪化に対して住民が相談を持ちこんでも、民事不介入を盾に行政はほとんど何もして来なかった。

「『青鞜』創刊の地のマンション騒動」(二〇一〇年一月六日付、一〇九ページ以下)のその後だが、千駄木五丁目の路地の前にそびえ立つNTT都市開発のマンションは住民の意見を無視して着々と建設中、いっぽう坂下の千駄木三丁目の巨大情報ビルも、NTTが前面にでないまま、大成建設による工事が進行中だ。

地上四九メートルの高さはかなり下げられたが、それとてはじめから譲歩を見せるためにかさ上げしてあったのではと思える。住民はきちんとした説明のないこと、空調のための室外機百台以上が付けられること、電磁波被害、低周波被害の危険を訴えて、四月に提訴に踏み切った。これらすべて、建築基準法、都市計画法にさえ合致すれば、どんなに住環境を破壊するビルでも建築確認申請が許可されるという〝ザル法〟のせいである。住民の安心、安全を守り、景観や環境悪化の歯止めとなる「住居法」の制定が必要ではないだろうか。

「歴史と文化の文京区」では、この四半世紀、多くの歴史ある建造物が失われ、樹木は切られ、斜面緑地も掘り崩され、民家はビルやマンションに建て替わってきた。京都市や奈良市のように古都法も適用されず、景観条例や風致地区などの規制もかかっていないからである。

いま問題となっているのは千川通りから茗荷谷《みょうがだに》に上がる小石川五丁目の湯立坂《ゆたてざか》沿いで、重要文化財通称 銅《あかがね》御殿の鼻先に、野村不動産による地上一二階、地下二階の「(仮称)文京茗荷谷マンション」。鹿島建設が着工して住民を怒らせている。

この建物は山林王の磯野敬がわずか二十一歳の棟梁北見米造を信じて、七年の歳月をかけ、金に糸目をつけずに建てさせた木造三階建ての近代和風の傑作である。一九一二年完成。今となってはとうてい手に入らない材を用い、意匠に凝って、その銅板を多用した外観から銅御殿の愛称で親しまれ、東京空襲では近隣住民がバケツリレーをして守った建物で、二〇〇五年十二月、国の重要文化財に指定された。

現在は建物を含む部分は大谷美術館が所有しているが、一部は相続にからんで別の子孫からマンション開発業者の手に渡り、二〇〇五年、銅御殿の東側隣接地わずか数メートルの所でいきなり樹木の伐採が始まろうとした。

これに対し、銅御殿の持ち主と周辺住民は、現状の一・七倍にもおよぶと想定されるビル風による影響、工事による地下水位低下への影響などを心配して、反対運動に立ち上がり、事業主、文京区、東京都、文化庁、議員への働きかけを行ってきたが、はかばかしい成果を得られなかった。

ここでも行政は民事不介入を盾に「私たちは何もできません」（文京区）「風の影響は前例がないので、判断できない」（文化庁）と行動しないので、住民は五月、これらの行政を裁判で訴えた（21日付、読売、東京など）。

最近になって、文化庁が文京区に対してひそかに「風の影響は考えなくてよい」と指示し、文京区がそれにそって「意見書」を作成していたことが判明。しかも文京区は意見書作成に当たり、事業主である野村不動産に重文所有者の意見を聴取させていたこともわかり、住民代表の広田照幸日大教授は「いってみればドロボーに留守番を頼むような手法だ」とあきれている。

すごいなあ。わたしも数多くの歴史的建造物の保存・活用に携わってきたが、裁判を起こす前に保存が決まったり、あるいは壊されたりして、裁判闘争までするにいたらなかった。日本の市民運動もここまで来たのかという感じである。

まず重文所有者である財団法人大谷美術館と周辺住民八名は、文京区と財団法人住宅金融普及協会（建築確認を出した指定確認検査機関）を相手取って建築確認取り消し訴訟を起こした。このマンションは規模からして「土地の区画形質の変更」など都市計画法上の開発行為にあたるのにもかかわらず、その許可を取得していない、地盤沈下調査も不十分であるというのが理由だ。

同時に「文京区は住宅金融普及協会に対し、同マンションが建築基準関係規定に適合しない旨の通知を発せよ」「文京区は野村不動産および鹿島建設に対し、同マンション建設工事を停止させる是正命令権限を行使せよ」という二つの義務づけ訴訟も行っている。

以上、やや煩瑣になったが、各地で住環境を守ろうとしている地域住民の参考になるように記しておく。

いっぽう地域住民九名は、文化庁を相手取り、この開発は「文化財保護法四三条一項本文の許可手続きを行う義務があることを確認せよ」という公法上の確認訴訟と、「野村不動産に対し、銅御殿に現状を超えるピーク風力計数をもたらす構造物を建設してはならないとの命令をせよ」という義務づけ訴訟をおこなった。

この裁判は実に画期的だ。文化財保護法第四三条一項では文化財の「保存に影響を及ぼす行為をしようとするときは、文化庁長官の許可を受けなければならない」とうたわれている。今回のマンション建設にはこの許可が必要であるというのだ。また同条四項で「許可を受けたものが前項の許可の条件に従わなかったときは、文化庁長官は、許可に係る現状の変更若しくは保存に影響を及ぼす行為の停止を命じ、又は許可を取り消すことができる」ともされている。しかし文化庁はこの国民共有の文化財を守るために持っている「伝家の宝刀」を法の施行以来、一度も抜いたことがない。

すでに工事振動によって銅御殿の壁などに大きな亀裂が生じていると伝えられ、風害や地下水位などの懸念も専門家から疑問がでている以上、文化庁の「影響は軽微」という判断は当たらないのではないか、と考えられる。

わたしは文化庁文化審議会委員として銅御殿の重要文化財指定に立ち会ったものとして、また文京区住民として、文化庁の後世に禍根を残さない判断を期待したい。

この問題の経緯や報道などは、「湯立坂マンション問題を考える」というＨＰに掲載されている。住民のＨＰだが、事実関係や歴史的背景などの情報を詳しく案内しているので紹介しておく。

また文化財保護法四五条は「文化庁長官は、重要文化財の保存のため必要があると認めるときは、地域を定めて一定の行為を制限し、若しくは禁止し、又は必要な施設をすることを命ずることができる」とうたっている。世界遺産などにおいてはバッファーゾーン（緩衝地帯）という考え方がある。たとえばカンボジアの世界遺産アンコールワットの周辺では広く開発行為が制限されている。アンコールワットは森の中に浮かんでこそ景観として美しく、周辺に遺跡が窓から見えるホテルなどが作られたらぶちこわしだろう。専門家たちは世界遺産であるケルン大聖堂や原爆ドームの周辺に高層ビルが建ちつつあることにも警鐘を鳴らしている。観光立国を掲げる日本でももっと追求されていい考え方であろう。

東京都の選定歴史的建造物でも、当該建造物の半径百メートル以内では影響を及ぼす開発行為に対して配慮をうながすことが盛り込まれているが、強制力がないため周辺の乱開発を止めるにいたっていない。景観は都市整備局、文化財はなんと教育局と縦割り行政なのも、住民にとってはもどかしい限りである。

二〇一〇年六月二十五日夜、銅御殿マンション問題を考え、文京区内で起きているさまざまな環境問題に関わる住民の交流会が文京区民センターで開かれた。そこに国立市大学通りでのマンション訴訟の先頭に立った石原一子氏が応援にいらして登壇された。一橋大学前の美しい並木道を守ろうと住民は長い間努力を重ねてきた。一審判決は、明和地所のマンションは住民の景観利益を損なうとして、すでに完成したマンション上層部を破却すべしという画期的な判決であったが、東京高裁、最高裁はこれを退けた。

しかしその住民の無念はのちに結実する。朝鮮通信使もその景観に驚嘆した鞆《とも》の浦《うら》に広島県が埋立架橋するにあたって住民がおこした訴訟に際し、「景観利益」を認め、計画を差し止めるという広島地裁の二〇〇九年の判決に。

石原氏といえば私が学生の頃は高島屋常務、キャリアウーマンの輝く星であった。退職後、ビジネス界でのリーダーシップを住民運動に発揮された石原さんは「景観を守ることはイデオロギーとは関係ない。学者文化人が中心の運動はどうも持続性がない。景観を守るのはあくまでふつうの住民。重文銅御殿を守ることも大事だが、根底に自分たちの暮らしと文化を守ることを置いてほしい。その土地を愛する住民の粘り強い運動しか環境を守れない」と力強いスピーチをされた。ひとつひとつ胸に落ちる話であった。

著名な学者、文化人を呼びかけ人に立ててメディアにアピールするような時代は終わったのかもしれない。いっぽう区役所はあいかわらず住民の数を繁栄の証しと見るのか、住民獲得のための高層化を政策としているが、それももう時代遅れではなかろうか。

文京区には現在でも十分な、いや過密なほどの人口がいる。これ以上の開発推進政策をやめ、歴史と文化を感じられるような町、暮らして楽しい、落ち着いて居心地のいい町作りを本気になって追求するべきであろう。江戸の大名屋敷占春園に隣接する、緑濃い湯立坂はまさにそのシンボルのような地域なのである。

（100701）

相撲の伝統と文化を失わないために

ひょんなことから相撲協会の「ガバナンスの整備に関する独立委員会」に委員として参加することになった。

正式に決まる前の七月十日、私の誕生日の朝に「新聞辞令」が降りたのには驚いた。肩書きもノンフィクション作家という自分では名乗らないものがついていたのにもびっくり（読売新聞）。

相撲にはごぶさた続き。子どもの頃は学校から帰ると、場所中は白黒テレビで見ていたものだけど、いまはそんな暇がない。あのころ、柏戸や大鵬が全盛だった。柏戸関のお母さんと母方の大叔母が山形で同級生で、柏戸の名の入った浴衣地など貰って着ていた。だからふくよかで美男の大鵬より、うちでは哀しみと色気のある柏戸のひいきだったが、私はまた別に、色黒で背中に毛がうずまく筋骨たくましい朝潮（先代）が好きだった。

さて、このところの若手力士の暴行死、暴力団の維持員席観戦、野球賭博への関与をはじめとする一連の不祥事は、「角界の常識は世間の非常識」（読売社説7月18日）という閉鎖社会であることから起きたという意見が一般的だ。ならば相撲に関心のない人もふくめて普通の人々の意見を伝えることも重要ではないかと考えて委員を引き受けることにした。相撲の人気は下降線にあり、「ひとが嫌悪感を持つと、崩壊へ向かってすぐ転がりだす」と漫画家やくみつるさんがいう通り、相撲は危機にある。私は相撲が好きだし、その灯が消えてほしくない。以下、新聞の論調を整理しながら、感じたことを自分の言葉で語っていきたいと思う。

名古屋場所の最中にも親方の野球賭博への関与、暴力団との接触や宿舎を借りた疑惑などが出て来た。名古屋場所の中継をＮＨＫがやめたことに賛否両論があるいっぽう、「名古屋場所は開催すべきじゃなかった。相撲協会が新体制を作り、出直してからでもよかった」（服部祐児さん、元幕内藤ノ川、東海学園大学教授、読売7月19日）「不祥事問題が解決するまで場所は開かない、という意気込みが欲しかった」（ノンフィクション作家長田渚さん、読売7月26日）という声さえある。

謹慎力士も多く、横綱白鵬の連勝記録だけにスポットの当たった場所だった。

毎週のように開かれる会議で俄然忙しくなった中で、周辺のさまざまなひとにインタビューしてみた。四〇人くらいに聞いてみると、関心のない人が六五パーセントほど。「不祥事件には関心があるが、相撲そのものには興味ない」「サッカーはワールドカップで日本が活躍し、にわかファンになったが、相撲にはそうした魅力が感じられない」という人もいた。

相撲を実際に見たことのある人は三人しかいなかった。一人は向島育ち、一人は本所育ち、近くなので子供の頃連れて行ってもらったが、今より入りやすく安かったと思う、という。「枡席ったって普通の人には買えないんでしょ」と案内所システムに違和感を示す人、「枡席は狭くて足が痛そうだし、弁当や土産も欲しくない。一人で椅子で見たい」という意見にも時代の変化を感じた。

テレビで見るにしては会社員の勤務時間とかさなる。「土日はテレビ観戦が楽しみ」という人は「平日もあと一時間半繰り下げてくれれば、勤め人も家で家族と見られるのに」という。国技館をみんなにより近いものにするには、さまざまな工夫が必要なようだ。

「相撲は国技だと言うけれど、その根拠がわからない」「だって相撲のルーツは日本でなくモンゴルじゃないの」「国技だから天皇賜杯や総理大臣杯があるんでしょ」「国技だから税金が投入されているのでは」という素朴な疑問も出された。

相撲のルーツをめぐっては、エジプトやトルコ、シルクロード説、中国から朝鮮半島を下って日本にはいったとするさまざまな説がある。相撲に似た格闘技はモンゴルのボフ、韓国のシリムなど、どこにも似たような格闘技があり、特定するのは無理なようだ。我が国では六四二年、皇極天皇の頃、百済の王族を歓待するために相撲を取らせたことが『日本書紀』にみえており、その後、平安京遷都の前後から宮中で相撲《すまい》の節《せちえ》が恒常化した。江戸天保期になって本所回向院《えこう》が定場所となる。長い歴史を持っているのは確かである。もっと詳しく知りたい方は新田一郎『相撲の歴史』、宮本徳蔵『力士漂泊』をどうぞ。

しかし日本は国として相撲を国技に指定しているわけではない。国技という名前は明治四十二年に相撲の常設館を作る際、これに国技館と名づけたことに発祥する。その意味では近代に「発明された伝統」かもしれない。

また親方や力士、行司、呼び出し、床山はじめ、みな財団法人日本相撲協会に所属しており、公益法人なので、通常の三〇パーセントより二二パーセントと法人税がひくいものの、国民の税金はいっさい投入されていない。

しかし国技というなら、国技である根拠を看板だけでなく示す必要があり、「威信だの品格というなら野球賭博なんてとんでもない」という声にこたえなければならない。

「剣道や柔道と同じ、武道ではないのか」「神技だ、国技だと言わずに健全なスポーツをめざしてほしい」「外国人が多く上位に入っているのに、礼儀や風習を強要することは無理なのではないか」「柔道のように誰でも入れる国際競技にそだってほしい」という意見もある。「朝青龍は傷害事件を起こしたりして問題だが、モンゴルでは人気があり、相撲界から放逐したように見えるのは国際問題にならないか」という人もいる。

まず相撲協会は相撲を武道とは見ていない。武道と認識されなかったため戦後、日本の脱軍事化をもくろんだＧＨＱも相撲を禁止しなかった。相撲は競技である。しかし古くは相撲奉納など神事でもあり、土俵や仕切りなどのいちいちに様式美を際立たせる、芸能的な側面ももみのがせない。

いっぽう、「そういっても相撲は興行であり、興行は地回りなどその筋の者の協力がなくてはできないだろう」「いっそ財団法人を辞めて歌舞伎の松竹みたいな会社による運営にしたらどうか」という意見も根強い。

これについてある親方から、「地方巡業も今は地方新聞社や自治体などが勧進元になっていることが多く、反社会勢力が介在すると会場さえ借りられなくなる」と聞き、心強く感じた。反社会勢力との絶縁はできないのでは、という通念はまちがいであることがわかる。

財団法人である相撲協会は現在、公益法人の認定を受けているが、二〇一三年十一月までに改めてその認定を受けなければ税制上の優遇を失う。国技館や内部留保は国に返納するなどしなくてはならない。そうなれば相当に厳しい状況をもたらすだろう。公益法人制度改革が厳しくすすむなか、現状のままで公益法人の認定を受けられるとは思えない。

いっぽう朝日（7月7日）の小沢昭一さんの意見、相撲は非常に芸能に近く、「芸能の魅力というのは一般の常識社会と離れたところの、遊びとしての魅力じゃないでしょうか」「大相撲もクリーンとやらの仲間入りか。寂しいなあ」という意見に共感する人もまわりにはかなりいた。小沢さんの大ファンである私だが、これは「滅びゆくものへのノスタルジー」であると氏自身、感じておられるであろう。そして時には弱きを助け、表社会の人には手を出さないといった掟を持っていたむかしの渡世者と、いまの反社会勢力の大きな違いをも考えなければならない。

以上、マスメディアも普通の市民にも、国技か、スポーツか、興行かで大きな混乱があり、間違った言説も相当に流布しているようだ。それというのも相撲界が説明責任を果たさなかった、メディアも検証、報道してこなかった、というところにも問題があるのだろう。その点、朝日新聞八月一日付の「いちからわかる　大相撲の改革」は簡潔でわかりやすかった。

私は、相撲はスポーツであり興行でもあるとともに、独自の伝統と文化を持つそれ以上のものであると思う。髷や化粧まわし、呼び出し、行事の采配、四股、立ち合いの手、横綱の土俵入りなど文化そのものであり、芸能の側面も持つ。これらは失ってほしくないが、時代に合わなくなったあまりにも旧弊なシステムは変えていった方がいいだろう。重要無形文化財の指定を受けている祭でも、地域社会の変容にしたがって徐々に変容せざるを得ない。たとえば祭の中のある役は旧家の嫡男でないとつとめられないというしきたりがあっても、民主主義の時代、または集落の過疎化によって、そのままでは祭は消滅してしまう。

いっぽう相撲部屋に問題が生じているため「部屋をやめて相撲の専門学校などで教育するべきだ」などの意見も出ている。しかし親方と弟子という制度は、一番ものを覚える教育システムであると思う。大学の大教室授業の比ではない。この伝統を保持したいが、大事なのは親方の資質である。これも重要無形文化財、一般に人間国宝と呼ばれている指定では、技能の優秀さのみならず、その分野の伝統芸術を伝える指導力・育成力が基準になる。野球賭博に関わり、賭博が好きだと開き直るような親方は、中学を出たばかりの少年たちを託すのに不適格なのは明らかである。また部屋の主宰（師匠）と協会役員の兼務も無理がある。

ある親方から「弟子一人からはじめ、妻が店をやってその収益を部屋経営につぎ込み、いまは弟子も相当増えました。地域と仲よくしていっしょにバーベキューなどやっている。だから反社会勢力との関係はいっさいいない」と聞いて好感をいだいた。

反社会勢力につけ込まれないためには一般社会と付き合い、彼らに守られることである。

まさに「人は石垣、人は城」である。
相撲界を建て直すのはたしかに親方と力士が本気にならなければ不可能だ。「「相撲を分らない連中ががたがた言っている」「この嵐が過ぎるまで静かにしていよう」——。相撲界がそんな認識でいるとしたら世界に誇る日本の文化である相撲は、間違いなく滅びてしまうだろう」という柔道金メダリスト山下泰裕さんの心配（朝日7月26日）が現実にならないように、事態の深刻さを受け止めてほしい。委員としてはその再生に向けての真摯な努力を及ばずながらお手伝いしたい。

（100813）

秋の夜長に漢詩を、そして中国を

「中国四千年の」と冠するとき、そこには尊敬というより、何にでも四千年を持ち出す中国人の事大主義をからかうようなニュアンスがともないがちだが、今回はほんとに四千年の歴史を実感した旅であった。

九月二日から九日間ほど、中国へ漢詩のあとを訪ねた。私は大の文語文好きで、森鷗外『即興詩人』の文語文に惹かれ、ついに一冊、本を書いてしまったくらいだが、もうひとつは高校の漢文以来、漢詩をたくさん暗記したり朗読したりしてきた。その現場に行きたいというのは夢であった。

というところへ吟遊詩人であり、ミュージシャンである荘魯迅さんを先達とする漢詩の旅があると聞き、友人とツアーに申し込んだ。

上海から飛行機をのりついで湖北省武漢へいたる。湖北省は洞庭《どうてい》湖の北にあるからこの名があり、秦の始皇帝が中国を統一する前ここに楚という文化が栄えた。武漢三鎮は長江こと揚子江中流にある三つの町、そのうち武昌にある黄鶴楼を訪ねる。

昔人　已に黄鶴に乗じて去り
此の地　空しく余す　黄鶴楼
黄鶴　一たび去って　復た返らず
白雲　千載　空しく　悠々
晴川　歴歴たり　漢陽樹
芳草　萋萋《せいせい》たり　鸚鵡洲
日暮　郷関　何れの処か是なる
煙波　江上　人をして愁えしむ

唐の詩人崔顥《さいこう》の詩。むかし、川沿いの居酒屋に来てタダ酒を飲み続けた仙人が、お礼にと言ってミカンの皮で壁に鶴の絵を描いた。客が手拍子を叩くとその鶴は壁から出て踊りだす。それで酒屋は大繁盛、主人は大金持ちになった。しかしある日、また仙人が現れ、鶴はその笛の音にのって空高く飛び去ったという。そのことをうたった素晴らしい七言律詩である。ほかに八世紀唐の詩人李白に「黄鶴楼にて孟浩然《もうこうねん》の広陵に之《ゆ》くを送る」という名作もあるが、ここで触れる紙幅がない。

最初の黄鶴楼は三国時代二二三年に建てられたが以降、何度も建て替えられその形式もまちまちだ。なぜ原型復元しないのか、と聞くと、ガイドの宋さんは「中国はいくつもの王朝が前の王朝を滅ぼして覇権を握る。前の建築文化も否定するのでしょう」とあっさりした答えだった。空をみあげると白雲悠々どころか高層ビルにょきにょきで経済発展中なのがうかがえたけれど。武漢三鎮のもうひとつの町漢口は日中戦争での激戦地で、林芙美子と吉屋信子が従軍作家として一番乗りをきそった地点だが、さすがにそのことは聞きかねた。

午後は湖北省からバスで江西省黄岡《こうこう》にある東玻赤壁《とうばせきへき》へ向かう。十一世紀北宋の官僚で詩人、蘇軾（蘇東玻）は政敵により黄州へ流され、そのやるせない思いを「念奴嬌　赤壁懐古」や「赤壁の賦」などにうたった。うーむ、その場にいるということは何たる感慨ぞ。

「赤壁の賦」には「清風　徐《おもむろ》に来りて水波興らず」にかかわる樋口一葉の故事もある。一葉は歌塾萩の舎に入った十五の頃、すでにこの「赤壁の賦」をそらんじていた。お寿司の皿にこのくだりが染め付けてあったら、そのあとを続けてさらさらと吟じて、ナマイキな、と姉弟子田辺花圃《かほ》の不興を買ったというのだ。

その木彫を一字一字追っていると、蘇軾がいま流されて長江で釣をしていることが述べられている。「一葉の扁舟に駕し」とある。あれえ、もしかするとこれが樋口一葉の号のいわれではないかしら。われながら胸が高鳴る。続けて「吾が生の須臾《しゅゆ》なるを哀しみ、長江の窮まりなきを羨む」とある。須臾とはほんの一瞬。一葉も自分がこの世に現れたのは一瞬にすぎない、という諦念を持っていた。鴨長明の「よどみに浮かぶうたかた」もまた同じである。そして目の前に見る長江はほんとに広く悠然と流れていた。

翌日、『水滸伝』にでてくる潯陽楼《じんようろう》や李白の詩にうたわれた浪井《ろうせい》を見て、いよいよ陶淵明のふるさと廬山にいたる。日本的にいうと歌枕というべきか、司馬遷、陶淵明、李白、白居易、蘇軾、陸游らがここに遊んで詩を作り、朱熹や王陽明は白鹿洞《びゃくろうどう》書院で学を極めた。一つだけあげれば九世紀唐の詩人白居易（日本では白楽天で知られている）が廬山の麓の草堂の壁に書き記した詩「重題《ちょうだい》」。

日高く　睡り足るも猶お起くるに慵《ものう》し
小閣に衾《ふすま》を重ねて　寒さを怕《おそ》れず
遺愛寺の鐘は枕に攲《そばだ》てて聴き

香炉峰の雪は簾《すだれ》を撥《かか》げて看る（後略）

これも少女時代から親しんだ歌。枕草子の作者清少納言は一条天皇の中宮定子に「香炉峰の雪はいかならむ」と問われて、応うるに簾をかかげてみせたというのである。その有名な香炉峰の山は予想を裏切り、まるで女性の乳房のように頂上に突起がついていた。つまみたくなるような山である。遺愛寺はすでになく、そのあった場所を教えてもらう。

いっぽう紫式部は定子に対抗する藤原道長の娘彰子に『白氏文集』を講義したことで知られる。白楽天の「長恨歌」、唐の玄宗皇帝と傾国の美女楊貴妃のこの詩も、どのくらい読みかえしたかわからない。劇に仕立てて学校で演じたことさえある。清少納言、紫式部、樋口一葉に負けず、漢詩をもっと暮らしににじませたいと思った。

この詩でも、左遷されて司馬という低い位に落とされながら、白居易は「心泰く身も寧《やす》らかなるは是れ帰する処」と精神の落ち着きをしめし、「故郷何ぞ独り　長安にのみ在らんや」と続けている。いま病を得たあと、都を離れ宮城県丸森で畑を耕している私の気持ちにぴったり。ある年齢が来ないと心にしみない詩もあるものだ。

そしてもちろん四十一歳のとき官位を捨てて故郷にかえった陶淵明の故居を思いがけず探

すことになり、彼が農作業によごれた鋤を洗った小川をのぞみ、彼が酔って眠った大きな酔石にも上った。「帰りなんいざ、田園まさに荒れなんとす。胡《なん》ぞ帰らざる」にはじまる「帰去来の辞」を現地で朗読したときは涙がこぼれそうになった。「富貴はわが願いにあらず、帝郷は期すべからず」。政界の利害のみの交わりを絶ち、泉や樹々や岡を眺めて暮らす。私はいまのところ「中途半端な陶淵明」であるが、いつかきっとそんなふうに暮らしたい。

ところで李白にも廬山をうたった有名な詩「廬山の瀑布を望む」がある。

日は香炉を照らして紫煙を生ず
遥かに看る　瀑布の前川に挂《か》くるを
飛流直下　三千尺
疑うらくは是れ　銀河の九天より落つるかと

うたわれた滝もこの目に映じている。その李白すら安禄山の乱などで乱れた世で官僚であることに嫌気がさし、また政争に関わって流罪になったことを知った。陶淵明、李白、蘇軾、白居易、すべて思うようにならない左遷や鬱屈から文学が生まれている（森鷗外の『即興詩人』訳もいってみれば小倉左遷の賜物だが）。そして廬山はそれら詩人たちの思いが雲のように立ちのぼる場所として後世の詩人蔣介石、毛沢東にも愛され、現代政治の重要舞台ともなった。

以下はちょっと生々しい話だ。一九五九年廬山会議の会議場は卓の上のネームプレートもそのままに保存され、大躍進運動のあやまりでたくさんの餓死者が出ていることを主席に直訴した彭徳懐の真率な私信も陳列されていた。これまたずっと関心を持ちつづけてきたことで、いつまでも目が放せなかった。剛毅で素朴なこの将軍は廬山会議で失脚し、文化大革命で紅衛兵に暴行され、江青監督下で治療を拒否されて死にいたった。そして廬山会議後、さらに毛沢東への個人崇拝は高まっていった。

帰国すると尖閣列島での漁船の衝突にはじまる日中のナーバスな論戦が始まっていた。日本が無人島を自国の領土と宣言したのもたった一一五年前である。それに他国が長らく異議を申し立てなかったのもたしかである。どちらの領土であろうとなにごとぞ、なんて与謝野晶子みたいなことをいったらいけないかしら。

中国の今のありようから中国人像を決めつけるのではなく、思おう、屈原を、陶淵明を、李白を白居易を蘇軾を。そういう中国人がいたこと、そこから日本人が多くのものを汲み取ってきた歴史をまず銘記したい。そしていい暮らしない、誠実な、深慮を持った人間はいつの世も政治の表面には出て来ないであろうことを。彼らは陸沈として今の中国にも多く埋もれているであろう。心の中でそういう人々と対話したい。

帰って来て近くの中国整体院に行った。旅の報告をしたあと、いつもの先生が口ごもりながら日中の緊張に触れた。何か暮らしにくいことがあったらいつでも言ってね、相談に乗るから、と私は言った。彼は謝して、中国で暮らしにくくなっている日本人を自分が彼の地にいたなら守りたいと言った。

この店の前の主人とも仲よくしていたが、急に帰国して戻らなかった。後に来た主人は私が前に払ったチケットの残り三回分を嫌な顔もせずやってくれた。あなたの収入にならないのに悪いわね、というと、彼は「中国人と日本人の信義の問題だから」と真面目な顔でうなずいた。

（二〇一〇）

瀬戸内芸術祭で考えた地域とアート

なかなか進まぬ原稿がいやになって、えいとばかり十月十日夜十時の「サンライズ瀬戸」に飛び乗った。夜行がほとんどなくなったいま人気の列車だが、この日はたまたま空席がある。七月半ばに始まった瀬戸内国際芸術祭が月末までなので、観に行こうというのだ。最近は屋外での美術展がはやりで、地域おこし、活性化などと結びつけられ、『アート観光』なる本まで出ている。

朝、七時半、高松到着。駅中の立ち食い讃岐うどんで朝ごはん、さっそく港へ。三連休の最後でものすごく混んでいる。整理券を待つ長い列。これでは席の少ない高速艇で直島・豊《て》島《しま》行きは無理と早々にあきらめる。フェリーで女木島《めぎじま》、男木島《おぎじま》へ行くことに。その切符を買う列すら長いが、インフォメーションセンターで運良く二日間フリー切符（三五〇〇円）を買えた。有料の作品を見るパスポート（五千円）は持っている。

八時のフェリーは満員。それも臨時便と二隻出たのに。女木島着八時半、そこからバスの券（往復六百円）を買い、鬼の洞窟へ向かう。パスポートを持っているのに入洞に二百円払わなければならない。これは鬼が島大洞窟を見る分らしい。アーティスト、サンジャ・サソの真鍮ワイヤーでつくった人体はとても素敵だった。そこを出た帰りの道から臨む瀬戸内の多島海が素晴らしい。レアンドロ・エルリッヒの石庭に足跡が沈む作品もよかった。

船に乗れないと困るので、ゆっくり見るより人の流れに押される感じで、十時半には男木島ゆきフェリーに乗っていた。男木島はもう少し大きい。船着き場のジャウメ・プレンサの白い交流館もうつくしいがなんだか、この島にはちぐはぐである。すっかりきれいにしてしまいました、という感じ。

高松で昨日行った人から「昼飯を食いっぱぐれてカップヌードルしかなかった」と聞いたので、ここであわてててたこ飯一パック四百円を買う。それをもって石段の集落を上がったり下ったり、いちばんよかったのは西堀隆史『うちわの骨の家』だ。うちわは香川県の地場産業だし、作品は繊細だし、骨をすかして向こうに海が見えた。

「おんば」という手押し車をいろいろ個性的に作った『オンバファクトリー』や谷山恭子『雨の路地』、谷口智子『オルガン』もたのしい。

それにしても島の路地は人だらけで、三時間待ちなどという作品はとうてい見られなかった。

私は海恋のおんなである。『海に沿うて歩く』(朝日新聞出版)なる本も書いた。島に来ていちばんの楽しみは波の音を聞いてぼーっとすること。しかしこの混雑ではかなわない。二番めの楽しみはおいしい魚を食べること。これも今回は無理だった。芸術祭のために作られた地元の食材のレストランは二時間待ちだ。カップヌードルよりはましか、とビール片手に海風に吹かれ、たこ飯を立ち食いした。

押し出されるように一時の船で高松に帰る。そうしたら一時五〇分の大島ゆきの船が出る。整理券はもうなかったが、船着き場に行くと余裕があるから乗せると言う。整理券を貰っておきながら行かない人がいるらしい。

大島は青松園というハンセン病の国立療養施設があるところだ。いつもは用のない人以外来ない島。ここにも『つながりの家』というアートプロジェクトがあるが、事務局はいろいろ注意事項を述べ、かなり神経質であった。案内者が先に立って決められたルートを粛々と見学し、蚊の多い空き地でハンセン病について長い説明も聞かされたが、なんどか施設を訪ねたことのある私には、こういうこわばりの方がなじめなかった。

高松に帰ったのは夕方四時半で、港のカフェで初めてゆっくり海を眺めた。それにしても混んでいたなあ。行ってよかったのはたしか。でも、見学者とは挨拶したり話したりしたが、島の人とはほとんど話せなかった。

ビジネスホテルに飛び込み、また夜は讃岐うどんですませた。くたびれて何も食べたくない。ベッドにごろんと横になって見た夜のニュースは瀬戸内国際芸術祭で持ち切り、「地元の方は平日に行ってください」としきりと呼びかけていた。

二日め。朝、七時から整理券が出るというので豊島ゆきの行列に並ぶ。二艘出るのでどうにか乗れた。ここは産業廃棄物の不法投棄で有名な島だが、きょうはアートに湧いている。島が大きいので東回り、西回りのバスに人が殺到する。

民家を改造した安部良の『島キッチン』も居心地のよいスペースを作っていたが、ここでも食事は二時間待ち。食堂でまた讃岐うどん。島の住民のなかでも芸術祭でお金の落ちる人、落ちない人はっきりしている。それにしてもビールが五百円とは。

藤浩志『こんにちは藤島八十郎』にいったら、ビールは冷蔵庫から勝手に出して二百円だった。やったあ。この島の架空のおじさんの家は最高だった。あちこちに居心地のいい空間を作りながら、長くいてもいいよ、と場所がささやいてくれる。とくに煙草を燻蒸《くんじょう》する小屋裏はすばらしい。そこから海の切れはしを見てぼーっとした。

全体に有名な作家より、若手作家の方が力の入った斬新な仕事をしているような。それにアートばかり見ていると、そこらへんのガレージや半鐘や農機具すら何だかアートに見えてしまう。そしておおかたの作品は自然に負け、そこにはじめから必然性があって存在する農機具にすら負けてしまうのだ。こわいことである。

夕方の船で岡山県側の宇野港へ。船が来るまでのあいだ、船着場近くの路地をめぐった。やっといろんな島の人と話した。「終わったら寂しなるな」という人も「うるさくてかなわん。早く終わってほしい」という住民もいた。

「建具のぼろいの集めてアートっちゅうのは、どういうわけや」（塩田千春の作品はすてきだったが）という人も、「ごめんね。話しとるヒマないわ。スタッフの食事作らんならん」と穫れたての魚のウロコを落としている人もいた。

ローカル線で岡山へでた。またまたビジネスホテルに飛び込む。岡山名物ままかりとサワラの刺身でいっぱいやって帰る道に、牛窓《うしまど》のたこでたこ焼きを焼いている若者がいた。牛窓のたこのおいしさを知ってもらいたくて小さな店を出したらしい。もう店終いも近いからと、残ったたこを天ぷらにしてくれてお代はいいと言う。私はここでやっとゆっくり話せるひとを見つけ、またビールを飲み、ここをこそ応援しようと彼の自慢のオリーブ油や塩を買った。

瀬戸内国際芸術祭は混みすぎだった。事務局の想定外だったとしても。目標の三〇万人を遥かに越え、この日まで六九万人なんてことを喜んでもなあ。大量宣伝・大量動員システムでアートを見てどうするのだろう。
あれだけ行政や企業の助成もあったのに、食事もグッズも高すぎるように思った。「国際的に有名なアーティスト」の招致にお金がかかるのかもしれないが、そんなものをありがたがる必要はない。人と人がゆったりと出会い、交換価値には目にもくれず語り合い、ともに作品に関わり、啓発し合って人生を変えて行くような経済外的関係は、どうしたらアートとともに生まれるのだろうか。悩んでほしい。とても素敵な催しだと思うから。

（101028）

原田病とステロイド

前にも少し触れたのだが、わたしは三年半前に原田病という百万人に五人といわれる珍しい病気に罹った。これは健全な自己免疫が自分のメラニンを攻撃してしまう病気で、おもに目に出てぶどう膜炎になりやすく、見えるものがかすんだり歪んだりしたあげく、失明に至る場合もある。

ステロイドの大量投与で免疫をおさえるしかないといわれ、入院して投与し失明はしなかったが、その後ステロイドの副作用に苦しむことになった。そのほか、体中からメラニンがなくなるために白髪、白斑、耳鳴り、めまい、頭痛などの症状がでる。

症状は人によって異なり、私の場合、白髪と白斑はいまのところ出ていないが、耳鳴り、めまい、頭痛には悩まされている。また太陽光線がまぶしくてたまらず、ライトやフラッシュは本当につらい。それで記者会見のフラッシュを浴びていた草彅剛さんに同情した（二〇

○九年五月二十八日付、四九ページ以下）のだったが、このところは充血した眼でフラッシュを浴びる市川海老蔵さんが気の毒でならない。

また、そのときは書かなかったが、耳鳴りがひどいため、騒音が耐えられず、人ごみはこわい。テレビがついていたり、水が流れているだけで人の話が聞き取れない。これで迷惑をかけることもあるが、反対に耳が聴こえにくい人がどんなにつらいか、ということもわかった。また不必要な騒音をたてるものへの怒りが湧いてくる。たとえば駅の長いアナウンスや発車サイン音、地下道でぱちぱち音を立てるサンダル、そしてエンジンを吹かして走る車やオートバイ。スピード違反を取り締まるなら、深夜の安眠をおびやかすオートバイなど捕まえて、運転免許を取り上げてほしいと思う。

この原田病というのは原因は明らかではない。遺伝子や血液型、最近の研究ではヘルペスウィルスとの関連などがいわれ、また欧米人はかからない病気だそうである。ここまで読んで、自分にはかかわりないと思われる方もいるかも知れないが、私だってかかる前まではお産の時しか病院へ行ったことはないほど健康そのものだった。それに自己免疫疾患としては原田病以外にもベーチェット病、サルコイドーシスといったぶどう膜炎があり、膠原病、リューマチ、アトピー、花粉症などたくさんあるので、誰が、いつ、どの病気にかかってもおかしくはない。

しかも百万人に五人というのはどこからでてきた数字か知らないが、ひょっとしたらもっと患者はいるのではないか。私はこの病気についてのおそらく初めての本『明るい原田病日記』（亜紀書房）を九月に出した。なぜなら眼科の教科書にもたいした情報がなく、自分も困ったので、物書きとしてかかった以上、情報を開示して人の役に立ちたいとおもったからである。そうするとつぎつぎに原田病にかかった話が寄せられた。

妻が原田病だという人、部下が原田病だという編集者、同僚が原田病だという公務員や弁護士がまわりにいた。そして何より地下鉄サリン事件の被害者二千人中に複数、その後原田病にかかった人がいるという。とするともっと原田病の発症率が高いか、サリンと原田病に因果関係があるかのどちらかではないだろうか。

オーストラリアからは「欧米人に患者がいないため、医師が原田病を知らず、ダイエットとエクササイズを勧められた。やっとインド人医師に出会い病気の特定ができたが、その後再発しかかり、いまは黄斑加齢変性症になった」という在留邦人からのメールがきた。仙台で講演すると原田病の方が挨拶にきてくれた。「髪の毛が抜けてしまいかつらをかぶっている。ステロイドのせいで肝臓をやられ、腎臓も不調。病気休暇を取っているが無給なので大変」ということであった。静岡でも同病の人が待っていて「髪の毛がごっそり抜けた。再発を繰り返し、ステロイドの超大量療法を何クールもやった。頭痛のため月に一回は職場に行けず、このままでは退職するしかないかも」とかすれた声でいう。

しかし難病指定もされておらず、患者にはなんの救いの手もない。すくなくとも発症率のより正確な調査、眼科だけでなく耳鼻科、脳神経外科などとの総合的な病像の把握を、国と医学者にはしてほしい。そして脱毛、白髪、白斑、ムーンフェイスなどはどうでもいいじゃないといった、見た目の軽視はやめてほしい。それをつらいと思い、落ち込んでいる患者は多いのだから。

私の場合も不調の原因が原田病によるものなのか、更年期の体の変わり目によるものなのか、ステロイドの副作用によるものなのか、よくわからず、苦しんでいる。

多くの病気に使われ、魔法のようによく効く薬ステロイドの副作用は五〇〇近くもあるという。感染症にかかりやすい、骨粗鬆症になりやすい、癌にもなりやすい、ムーンフェイス、食欲増進などである。最近会った方は「原田病ではないけれど、ステロイドの大量投与で骨粗鬆症になり、股関節が壊死、金属を入れる手術をしたが予後が悪く、歩きにくい」とのことであった。

かとおもうと「自己免疫疾患になったがステロイドだけはやめてと他の免疫抑制剤を使った」という人もいて、別の免疫抑制剤があることすら知らなかった私は驚いた。「そのうち癌が見つかり、癌は免疫をあげなければいけないし、痛し痒しでもうひどい目にあった」という話にはもっと驚いたのであるが。

いっぽう「慢性肺炎だから、いやだけどステロイドを何十年と飲み続けている」と言う人もいる。「もう肝臓もぼろぼろでしょう。飲むとそのときは楽になる。だからしょうがない」とあきらめ顔だった。アトピーの子をもつ母親もかゆがる子どもをみかねて、刹那的な解決策と知りながら、ステロイド入りの塗り薬を使ってしまうという罪悪感を話してくれた。といっても皮膚に塗る薬に含まれるステロイドの量は私の使った一日二〇〇ミリなどに比べれば微々たるものらしい。そもそも「二〇〇ミリグラムのステロイド」がどのような意味をもつ量なのか、素人には釈然としない。

わが原田病に限っても、はたしてステロイドは必要だったのか。

「大量投与しかありません。でないと失明します」といわれれば、原田病という名を聞かされたばかりの患者に選択肢はない。知識もないし、猶予もないのだから。息子がインターネットで調べて「千ミリのパルス療法と言われたら断った方がいいよ」といってくれたことだけは覚えていたが、この療法は採用されなかった。私の場合、ステロイドの量をどんどん減らし、半年ほどで縁が切れたのは幸いであった。

たしかにステロイド発見以前にも原田病はあった。そのころはどうしてなおっていたのか、という疑問がわく。みんなが失明していたわけではなかろう。ビタミンなどを使い、ステロイドを使わない治療をしている病院も数は少ないがあるようである。

以上、自分がこの病気にかかって考えたことを書いてみた。まちがいもあるかも知れないので、医者や行政の方からの反論や意見を聞きたい。思いがけずステロイド使用者となって世の中には知らない珍しい病気がたくさんあるものだなあとおもった。みなほとんど情報もなく、相談機関もなく、一人苦しんでいる。そんな患者さんの声も聞きたい。

「万国の原田病患者、団結せよ」「万国のステロイド被使用者、団結せよ」とでもこぶしを振り上げたい気分である。

（101221）

性描写規制と表現の自由

二〇一〇年、わが属する出版およびメディアの世界にはいいことはなかったみたい。毎年毎年、自分の本の出版部数も減っていくばかりである。読者から「いつも図書館で読んでいます」というファンレターが来ると世をはかなんでしまう。

それは仕方がないとしても、立派な社屋を持ち、社員には高給をはらっているような大出版社が著者に対し、原稿料や印税率を下げてきたりするのは死活問題だ。最近、インタビュー取材を受ける場合、撮影はなく、写真をメールで送ってくれと言われることが多い。これは写真家のしごとがより少なくなっていることを示す。校正、デザイン、イラストなど出版や新聞の周辺で働く人々、嘱託、アルバイトの人々の暮らしも厳しくなっているだろう。会社と社員だけを守ろうと必死のあまり、外部のフリーの人々を切り捨てていくようなやりかたでは士気は萎え、いっしょにいいものを作っていく気持ちにはなりにくい。貧すれば鈍する。同一労働、同一賃金、これはあらゆる分野でいえることである。

ノンフィクションやドキュメンタリーはそもそも部数も少なく、生活がなりたたないので手がける人が少ないが、これではますます少なくなる。佐野眞一さんがPR誌『ちくま』などで書いておられるように、このところ活字ノンフィクションの賞は取材費を潤沢に使って番組を作った放送局のディレクターが、本も書いて多く受賞している。

ここに来て東京都議会で可決された青少年健全育成条例改正案にも、いま反対しなくてはならないと思う。児童ポルノや強姦、近親相姦などを描いた漫画やアニメの販売を「おぞましい情況」として十八歳未満に販売できないように規制するという目的で、自民、公明、民主の賛成（共産、生活者ネット・みらいは反対）で成立してしまった。六月の採決では民主党は反対していたのに、ここに来て修正案に応じて賛成に回ったのが成立の背景にある。

「十八歳以下とのみだらな性交を禁じた都条例」にしても、どうやって十八歳で線を引くの、みだらって何をさすのとおもう。最近森鷗外の『舞姫』のモデルといわれる人の名はアンナ・ベルタ・エリーゼ・ウィーゲルト、十五歳七ヶ月であったという説が出た。すると森鷗外は軍医として国家の経費で留学中、未成年と淫行した、ともいえるのである。また彼の訳した『即興詩人』にはジェンナロという男が十四歳の人妻を強姦未遂するシーンがある。

十五でねえやが嫁に行った時代もあった。それこそ『古事記』や『万葉集』は近親相姦だらけだし、『源氏物語』の主人公は父の妃と密通し、幼女紫の上を邸に連れてきて育て、妻とした。おそらく新枕は彼女がローティーンのときであろう。こういうのも「みだら」というのか。

ことほどさように性道徳は国により、時代により、宗教や社会により変化する。それを法律や条例で規制してよいものなのか。

権力による表現の規制はいつ拡大解釈されていくか、わからない。たとえば京都精華大学マンガ学部長の竹宮惠子さんは同性愛の漫画を描いて話題となった。「私は遠慮しないが、若手の漫画家は萎縮しないか」と危惧している（東京12月14日）。ヨーロッパなどでは同性愛者の市長が次々誕生しており、市民は「市長として有能ならかまわない」としているが、日本ではまだまだ差別意識は強い。

その先鋒にたっているのが今回の法案を推進した石原都知事で、今回の条例をめぐっても同性愛者に対して「ああいうのが平気でテレビに出てるでしょ」（毎日12月4日）「どこかやっぱり足りない感じがする」（毎日12月7日）などと言及しているところを見ると、いざとなると同性愛者を描いた漫画を弾圧する危険がないとは言えない。他にもいちいちあげないが、石原都知事は女性、障害者、在日外国人、ワーキングプアなどへの偏見に満ちた発言を繰り返しており、こうした主観的な判断が条例の解釈にも持ち込まれないとは限らないのだ。

それが証拠には、「国旗・国歌法」を制定した際、国は強制はしないといったのに、都知事の意を受けて都教育委員会は、起立せず国歌を歌わなかった都立高校の教師を厳しく処分している。思想・信条の自由に反する拡大解釈ではないだろうか。このことをあつかった永井愛の劇『歌わない男たち』は名作だが、イギリスで上演する話があったとき、「行政がこんなことで教師を処罰するケースはイギリスではありえない」、と上演が見送られたという。

明治大学准教授の藤本由香里さん（マンガ評論家）は泥棒や海賊を賛美するという理由で『ルパン三世』『ONE PIECE』まで規制は拡大可能です、といっている。「今回の背景には、都の当局が警察幹部の出向を受け入れており、警察の権限を拡大しようとする狙いがあります」（赤旗12月6日）。漫画家、出版社は今回の規制にいっせいに反対している。日本ペンクラブや日弁連も反対だ。

漫画家のちばてつや氏は「知事が小説家としてどういう作品を書いてデビューしたかは皆さんご存じだと思う」といっている。映倫が映画『太陽の季節』の性描写をめぐって作られた組織だというのは周知の事実だし、この映画や小説に影響を受けた「太陽族」はさまざまな社会問題を起こした。ペニスで障子を突き破る、のマッチョな表現の下品さは置くとして、恋人を兄に金で売ったり、自分のせいで妊娠した女性を中絶手術で死なせても他人事、というようなシーンは読んで不快であった。

それでも私は表現の自由はあくまで守られるべきだと思う。自分のことを考えても小学校高学年から梶山季之『女の警察』、柴田錬三郎『眠狂四郎無頼控』、石原慎太郎『太陽の季節』、007のボンドシリーズなど性描写をたくさん読んできたが、べつにそれで淫行に走ったわけではない。人間には想像力とともに理性もあるからである。そして性暴力などの歯止めは法的な規制ではなく、理性や倫理を育てる教育や対話などによった方がいい。

今回の性描写規制について「あれはマンガやアニメの話でわれわれには関係ない」と言っているわけにはいかない。「あれは共産主義者が弾圧されているのでわれわれには関係ない」といってどんどん外堀を埋められ、キリスト教徒もリベラリストも息の根を止められてしまった過去が外国でも日本でもあるではないか？

二〇一一年は都知事選が行われる。これも注目点であろう。銀座に戦車を走らせようというような知事でなく、広島や長崎以上の数の人命が一晩で失われた東京を銘記するような、平和と「自由・平等・博愛」を象徴する都知事を選びたいと思う。


（101222）

引っ越しのあたたかさ

四年半、宮城県丸森町の小さな畑クラインガルテンで過ごしてこの春、めでたく卒業することになった。クラインガルテンは原則三年しか借りられないことになっている。たいへん楽しかったが、困ることもあった。作業小屋なる名前の住居が、天井が高いのはいいものの、冬は暖気が天井にたまり、ちっとも温まらない。夏は屋根のトタンから熱気が伝わるのに風通しが良くない。「春秋仕様」なのである。そのうえ車を運転しない私をいつも運んでくれたとなりの真理ちゃんが仕事の都合で引っ越しすることに。あぶくま急行丸森駅からここまでタクシーでは二五〇〇円もかかるので、やむなくわたしも退出することになった。

引っ越しは苦手である。掃除も苦手である。

二月に行ったとき、アーティストの友人がきたので、変わった衣類は面白がってもらってくれた。古道具屋の友人がお皿や絵や置物は「どうにかなるでしょ」と持って行った。冷蔵庫は友人のお母さんがほしいと言う。冷蔵庫は宅配便で九千円で送れるとわかった。洗濯機は真理ちゃんが使ってくれるらしい。

問題は本である。四年のうちに東京の家に入りきらない本を何十箱、丸森に送ったことか、それを荷解きしては夜を徹して読書にふけり、要る人にあげ、知り合いの古本屋さんに送り、ということを繰り返していた。なんとも至福の時間であった。たしかに四〇箱くらいおくったうち、十箱はそのようにして整理された。でもまだ三〇箱分はある。

このたび縁があって、冬も暖かい房総に海の見える古い小さな家を手に入れた。そこでまた畑仕事をするつもりである。しかし友人三人で手に入れたので、自分の本だけどっさり持ち込むわけにはいかない。

思い切って一度読んだ本はひとにあげることにした。仕事の守備範囲を大きく外れる本も。あまりに字の小さい本も。原田病という目の病気をしたからたくさん読むのはもう無理。冬で畑作業がないからと、元クラインガルテン仲間のYさんが手伝いにきてくれた。この町には図書館もないし、小さな本屋さんがひとつあるきりである。彼は二階のロフトからおびただしい本を下ろしてくれたが、「ホントにいいの?」とはにかみつつ、喜んで五箱ほどの本を持って帰ってくれた。

やはり本好きで隣町の図書館まで車で借りにいっている近所のしのぶさんが七箱ほど、一時預かりしてくれることになった。旦那さんはレストランのシェフで、午後ずっと働いて疲れ果てた私たちにすばらしい夕食を、「送別会代わり」と御馳走してくれた。

翌日の朝からもてきぱきと本を詰める。これから仕事に使えそうな資料八箱ほどは、結局、東京の家に舞い戻ることになった。

こうして房総の海辺の家に持っていく本はめでたく十箱分まで減った。世界の歴史と文学の本がほとんどで、これなら新しい家の仲間もよろこんで読んでくれるだろう。

Yさんはロフトの掃除、風呂掃除、納戸掃除。手伝いにきた娘は台所、ガス台磨き、床拭き。歯痛と腰痛のわたしは本の整理がおわったので、窓まわりの掃除とガラス拭き。お一人さまパックという便利なのがあって、宅配便の業者は慣れた手付きで、房総と東京行きの箱や蒲団を二つに分けてさっと積み込んでいった。

残ったのはゴミである。東京ならいまは燃えるゴミ、燃えないゴミ、瓶と缶と新聞紙くらいの分別ですむが、丸森町はそうはいかない。エプロン姿の真理ちゃんが表でせっせと仕分けしてくれた。生ゴミは畑へ穴を掘って埋め、紙、木、ビニール、プラスティック、ガラス、金属、その他に分けた。しかも住民でないのでゴミは車で持ち帰らなくてはいけない。途方に暮れていたら、そこへいつも畑の作り方をおしえてくれる管理人のおじさん登場。「もう来ないのかい、さびしくなるなあ」「すごいゴミだね、オレ出しとってやっから」。真理ちゃんと目を見交わしてほっとする。また親切に救われた。

相当のものを捨て、手放した。すこし立てば、それらは自分に本当に必要でなかったことがわかるだろう。持っていたことさえ忘れてしまうだろう。

引っ越しは自分に踏ん切りをつけるいい機会だ。そしてひとの温かさを知る機会だ。あとの掃除や畑の原状回復は町のシルバー人材センターに頼んだのだけど、「立つ鳥あとを濁さず」。母が教えてくれた言葉を自分に言い聞かせて、最後に床を拭ききよめた。

p.s. その丸森には3・11の東北大震災後、いま福島原発に近い南相馬の老人施設から二百人、壊滅した山元町、新地町老人施設からも認知症や寝たきりのお年寄りが避難してきた。「着のみ着のままなので、下着と靴下が足りません」というメールが町民からきた。さっそく段ボール三箱の新品を送った。これを集めるのには終刊後スリープしていた谷根千のネットワークが再起動し住民が協力してくれた。四月に行ってみると私の小屋には灯が点いていた。ああ、退出してよかった、と心の荷が降りた。

（110329）

耳をすます

海恋のわたしにとって、今回の大震災はショックきわまりなかった。畑のある丸森から一山越えて泳いだり、釣りをしたり、ぼうっと眺めていた大好きな海。松島、気仙沼、女川《おながわ》、閖上《ゆりあげ》、岩沼、亘理《わたり》、山元、新地、相馬、みんな海岸の風景がなくなってしまった。そこで出会った、名も知らないが笑顔だけは覚えている人たちが海にさらわれてしまったかも知れない、と思うとかなしかった。

それにつづく東京電力福島第一原子力発電所の水素爆発と放射能漏れはすべての人の暮らしを変えてしまった。東京は節電中で地下鉄などは暗い。町も暗い。でもわたしは原田病で目が痛むので、これくらいの光量がちょうどいい。地下鉄でもエスカレーターは止まり、駅名の看板には電気がついていない。暗くてつまずくというお年寄りもいるが、パリやモスクワ、ローマの地下鉄に比べたらずっと明るい。いままでは明るすぎたのである。

病気以来、わたしはクーラーが使えなくなった。今年は外出してもクーラーに冷やされないと思うとありがたい。蛍光灯もだめ。ジージーいって耳鳴りによくない。もともと皿洗い機も掃除機もアイロンもドライヤーも使っていない。少しの電燈と冷蔵庫、炊飯器、洗濯機くらい使うのであれば、原子力発電に頼らなくてもいいのではないか。

そういったら編集者がいった。うちのビルは高層で窓が開かないから、クーラーなしでは仕事はできませんよ、と。そうか、そうなっているのか。トイレに近づくだけで便器のふたがすうっと開くシステムもいまだに気味が悪い。離れれば勝手に水がながれる。洗面で手をかざせば水が出る。ドライヤーに手をかざせば温風が出て乾かす。これ全部、便利というより気味が悪かった。全部電気である。電気が止まればアウトだ。

埼玉で計画停電にあった友人はいう。うちはオール電化ではないんだけど、結局、ウォシュレットもだめ、ガスは止まらなかったけどお風呂を湧かすシステムが電気だからだめ、なんでも電気で動くシステムになっていたんだねえ。

被災地から脱出した友人が訪ねてきたので、ゆっくり話を聞こうと新しいイタリア料理店に入った。まだ午前十一時半でほかに客はいなかったのに、突然、「ボラーレ」の大音響。まったく話が聞こえない。「すみません。少し小さくしてくれませんか」と低姿勢で頼んだら、「これはサービスなんだよ。うちの営業方針だから」と主人に睨みつけられ即刻、出てくるはめに。

東京ではみんな大声で話しているのに、ＢＧＭまで流している店が多い。整体院に行っても歯医者に行っても有線で音楽が流れている。耳鳴りもあるのに趣味でない曲を聞かされるほど苦痛はない。いつからこんな風に音楽を流すことが「サービス」になってしまったのだろう。

大学病院に診療予約の電話を入れた。「少々お待ちください」といってずっと待たされる間、機械音のメロディが繰り返し頭に響いてつらかった。患者の健康を守るべき病院ですらこんなふうである。

めったに乗らない都バスに乗った。機械で女性の声でのべつまくしたてる。「バスが止まってからお立ちください」「揺れますのでつり革などにおつかまりください」「降りられましたらバスの前や後ろを渡らないでください。横断歩道を渡りましょう」「お子様にはじゅうぶんな注意をお願いします」「警察からのお願いです。バスの中で不審な手荷物など見かけましたら運転手までお知らせ願います」「座席は譲り合ってすわりましょう」。そのあいだにコマーシャルまではさまる。

吐き気がしてきて途中で降りてしまった。たえず電気による機械音声を聞かされること自体、拷問ではなかろうか。

脱原発がテーマの学習会に行って見上げると、七五本蛍光灯がついていた。肉声で十分な小さな集会でもマイクが用意される。質問などあると会場を主宰者が走り回ってマイクを差し出す。時間のロスが生まれ、質問のタイミングがずれてしらけてしまう。朗読もマイクでなく、肉声だとまったくちがうものになる。聴衆は聞き取ろうと耳をすまし、集中するから。いつからこれほど機械音にならされたのだろうか。テレビをつけっぱなしにしはじめた頃かも知れない。昭和三十四年、わが家にテレビがきたときには子どもが見るのは一日一時間と決められ、そのほかの時間、テレビにはゴブラン織りのカバーがかけられていじらしかった。機械音の世界は、電気を多く食い、原発を許容せざるをえなくなる世界である。

肉声を取り戻そう。人の話を静かに聞こう。今回の大地震のあと、わたしは心のこもったすてきな声に出会った。鷲田清一大阪大学総長の卒業式祝辞である。そのすべては大阪大学のホームページで読むことができた。もちろん三月十一日の大震災をふまえ、卒業生に、リーダーになることよりも、時にはフォロアーに徹することが大事だとよびかけている。そして「ここにいるよ」と控えていることが、どれだけ第一線で被災地支援や医療活動に参加している人たちを支えるか。そしていざというときは替わって「差し舞える」力をつけておく重要性を、しずかに伝えていた。わたしはこの方が『聴くことの力』という名著の著者であることを思い出した。

被災地の方たちは、いま言いたいこと、聞いてもらいたいことがいろいろあるだろう。四月に石巻周辺まで行ったとき、帰りの車が空なので知り合いの農家に寄り、お米を仕入れた。「いま、すこしでも現金が入るのは助かる」とご主人が言った。

そこへおばあちゃんが来て私の腕をぐっとつかみ「拝んでってやって」といった。彼女の弟夫婦と孫二人が流されたそうである。四人の遺影のある仏壇に手を合わせる。話し出すととめどなかった。お嫁さんはガードレールにつかまったが、脇に抱えた子供二人は流されてしまったと嘆くのである。

石巻のアパートへ知人をお見舞いにいくと、同居する女性が連れ合いと嫁と孫を流された話をはじめた。「うちなんかいいほうなんだ。みつかったから」。おばあさんはそういって自分に納得させるように首を振った。みんな「死んだ」とはいわない。「流された」のである。もう少しして落ちついたら、わが愛する丸森、山元、相馬、新地、そこへいってみんなの話をゆっくり聞きたい。

それでも「わたしの耳は貝の耳。海の響きをなつかしむ」(ボードレール、堀口大學訳)

(110524)

若者たちと出会う――講義の感想文から

「いまの若者たちは」といいだしたら年を取った証拠。大学の常勤教員をしていたときはそれでもうんざりするくらい若者と接するチャンスはあった。一人一人はいい子なんだけど、集団としての若者にはちょっと恐怖すら覚えた。行き帰りの私鉄で、大股開きの学生、あきらかに教員とわかる爺さん婆さんに席を譲らない学生、ガムやパンをほおばる学生、ガンガン音楽を耳栓で鳴らす学生に。

地域でも頭にくることは多い。寿司屋でダブルデート、つけ台の前でビールがぶ飲み、二度ずつトイレに立ち、後ろで待っているのに帰ろうとしない若者たち。段ボール貰えますか、ときたから引っ越しかなとあげたらなんと公衆便所の屋上で飲み会、後片づけもしない。

といって、ときに彼らが私たちより差別心が少なく、とてもやさしいことにも気づく。

今年も日本海側の大学に行った。地域について学ぶ専攻だ。去年は地域雑誌の創刊からの活動について話したので、今年は3・11以降の地域での活動について話そうと、二本の短い映像を持っていった。

ひとつは三月二十七日の東京日比谷での初めての脱原発デモを私が取材したもの。もう一つは四月初旬、地域のお寺光源寺での被災地へ向けてのおにぎりつくりの映像。

学生はみんな真剣に見て聞いてくれたが、反応はさまざまだった。学生たちのアンケートのコピーをもらってきた。

「テレビや新聞では伝えられない状況が東京では起きているのを感じた」「無力感が怖い、だからデモに参加した、という言葉が印象的」「なぜ脱原発デモをニュースでやらないのか。東電の記者会見はやっているのに」「東日本大震災は遠いところの出来事におもえる」「日本ではデモなどおこらないと思ってきた。捨てたものじゃない」「この大震災を他人事に感じ、何もしない自分に腹が立った」「何かできることを考えてみたい」「ここには原発震災のリアルがある」

最近、若者の中ではこのリアルという言葉は大はやりのようだ。「インターネットなどで得られる知見でなく生身の体で実感できること」の意味らしい。それを求めて若い人も最近では地域活動に参加してくる。かといって自分で情報を取りに行き、自分の頭で考えるまではなかなかつづかない。マスメディアを責め、なぜ報道しないのか、というのも他力本願だ。

だったら自分でメディアをつくったり、人の話を聞きに行ったり、映像を撮ってほしい。「遠いことの出来事」という学生はただ「想像力に欠ける」だけではないのかしら。地球の反対側のイタリアでも、想像力があるからこそ、自分の国では福島の事故みたいなことがあってはならないと、国民投票で九五パーセントが原発再稼動に反対した。授業の感想文を読みながらいろいろ考えさせられた。

いっぽう「東電前のデモで、社長はでてこい、東電あやまれ、と参加者ががなっていたが失礼だ」「あんまり感情的にはなりたくありません」「政府や東電を責めまくるみたいな雰囲気がイヤです」「人としてみにくい」「総理大臣に暴言を吐いたり、そういうことは好みません。態度の大きい被災者を見ると悲しくなる」「原発が怖いなら関西とかに逃げればいい」という意見もあった。

日本人には前からその傾向があるが、今の若者は同調圧力というのか、和をもって尊しとなし、空気をよみ、強い怒りや不満の表明をしない。責任を問わないので、いつも責任はうやむやにされる。人を傷つけるのをおそれるのは自分が傷つけられたくないからではないだろうか。

「悲しくなる」と書いた人が何人かいたが、「怒る」「行動する」のではなく「悲しくなる」だけですませるつもりなのか。

たしかに、反原発デモの参加者には日頃の報われない人生への鬱憤をぶつけているような若者たちも来ている。彼らの叫びも同世代の学生には「人としてみにくい」ものに映るらしい。それも含めて社会現象として冷静にとらえればいいのに。

なかには「原発反対の動画を見せたのは洗脳ですか？　あなたの思想につき合う気はありませんので自分の巣穴にかえってはどうですか」という感想もあった。そう、私は原発に反対。チェルノブイリ後、継続的に反対してこなかったのを恥じることはあっても、脱原発を隠すことはない。それは思想ではないかも知れぬ。これだけ福島県民の受苦、たくさんの人々を健康被害にさらし、ふるさとを失わせてまで、原発の電力を享受すべきいわれはない。現実を見ての判断だ。反原発デモの報道はなされていないから、自分で撮って紹介したのだが、かくも感情的でおさない反応に驚いた。

「原発廃止は不可能です」「原子力でまかなってきた電力をなんでまかなうつもりですか」という意見もある。一八〜三〇パーセントくらい減らせるでしょう、こまめにコンセントを抜いて、電気も消し、要らないものを製造しなければね、一九七〇年まで原発はなかったけど、ちっとも不便でも貧しくもありませんでしたよ。

いっぽう、もののない被災地のために物資を送ったり、おにぎりを握り続ける活動の映像に対しては共感がよせられた。「森さんたちの行動力に驚きました」「遠い地域とつながり助け合える地域に感動しました」「地域に生きる人々は前向きで強く見えた」「一生懸命な姿がすばらしい」。おにぎりつくりは彼らの存在を脅かさない活動だからだと思う。

また「記憶を記録に替える」「記録されないことは記憶されない」「一人の老人が死ぬということはひとつの図書館が消えること」といった私の発言に強い印象を受けたと記し、自分もやってみたいという意見が多くあった。「僕もビデオカメラを買おうかと本気で迷う」にはうれしくなった。

前に勤めていた大学で「帰りの電車にゆったり坐っているとき隣りに坐る人がいると自分のテリトリーを侵されたような気がして不愉快だ」と書いてきた学生がいた。小さな頃からテレビゲームとウォークマン、孤食に朝シャンで生きてきた彼らは一人に慣れ、というか一人でないことにいらだち、他人の体臭すら嫌がる。トイレはアルコール消毒し、自他の排泄の音を消すための装置を押し、口臭、わきが、足のムレを消す薬品を買う。

幼少からデオドラントな人々なのだ。だから不潔なもの、ざわざわするもの、テリトリーや個の安逸を脅かす意見や行動には反感を示す。

むかし寄席に行くと「混み合って参りましたのでずずいとお膝おくり願います」といったものだ。みんな喜んで前に詰めたものだが、そんな「おたがいさま」の感覚は彼らにはうすい。でもその特徴を生かして地域や国をよくすることに引きずり込むには、うーむ、どうしたらいいかなあ。若い人たちよ、もっと怒り、もっと暴れろ、と私は念じている。

（110802）

「福島人」として生きられるか

なかなか難しいことになって来た。

私は五月一日の東京新聞で、東京電力福島第一原子力発電所の未曾有の事故について、「だれもがフクシマ人となった」と語った。チェルノブイリ事故の後にベラルーシの女性作家アレクシェーヴィッチは「チェルノブイリ人」という言葉を作った。その近くで生まれた少年が、甲状腺がんの不安と闘いながら「もう隠れるところはない。ならば勇気を持って立ち向かわなければ」という言葉に感銘を受けたから。

これを受けて「隠れる場所などない。自分だけ逃げられる、安全な食べ物を食べられると思うのは幻想だ」とも私は新聞に語った。この事故を防げなかったすべての日本人が福島第一原発事故以後を生きる日本人として福島県民と連帯し、この事態を引き受けるしかないと（これは原子力発電を推進して来た政治家、官僚、電力会社幹部と御用学者を免責するものでは決してない)。

しかしその後の事態は、政府の迷走もあって紆余曲折している。いわきナンバーの車、福島、とくに原発立地町村からの避難者に対する差別、排除がなかったとは言えない。これは決してあってはならないことだった。

そのうち原発からの距離にかかわらず、ホットスポットという斑状の放射線量が高い所が出て、それぞれ自分のところが高い、低いに一喜一憂しはじめた。東京でも場所によって、地形によって、かなりの差が見られる。静岡の知人が「うちのお茶は大丈夫だよ、放射能はみんな箱根の山にぶつかって落ちる」といった翌日、静岡茶からセシウムが検出された。

福島市、郡山市でも空中には高い放射線数値が見られ、子どもたちは外あそびが出来なくなった。八月に新幹線の窓から見ると、屋外プールに監視員はいたが、プールで泳いでいる人間は一人もいなかった。文科省は子どもが外部被曝していい許容量を年間、一ミリシーベルトから二〇倍の二〇ミリシーベルトまであげてしまい、福島の親たちは撤回させる活動をはじめた。

政府は福島の子どもたちの「外あそびがしたい」「友だちがだんだん避難して少なくなっていく」「私は結婚して子どもが生めるのでしょうか」という疑問に答えることができなかった。私見では、妊婦や細胞が活発に分裂する時期の子どもたちは公的責任でいったん安全なところに避難させたほうがよい、と思う。しかし福島県も年間一〇〇ミリシーベルトまでは安全という山下俊一氏を県のアドバイザー、県立医大副学長にすえて、避難より除染を優先させてきた。

原発事故はひろく人々の健康に関する、関心事であるために、被災地の惨状に心を寄せるエネルギーをそいだのはたしかである。もちろん多くのボランティアが瓦礫処理その他に被災地に向かい、たくさんの必要な物資を届けたりしたが、人々の眼は原発と放射能に釘付けになっていた。そのぶんその北側への想像力を失わせた。

外部被曝だけでなく、水、米、野菜、肉、魚などからの内部被曝ももっと危険であることの認識が広まった。しかし農作物や魚肉の測定のしかたやその安全基準には問題があることも報道されている。そのため消費者は自衛せざるを得なくなった。

しかし、その自衛は福島県や東北・関東の数値の高い農村の農作物を買わない、という形で行われている。スーパーでは消費者は産地を気にして買うようになった。デモで会った親子は「西日本パック」を取り寄せているという。そのためにそうでなくとも労働に対して少ない収入しか得られない東北の農家は苦しむことになった。産直の野菜が売れなくなった。有機野菜を作るため長年かけて土壌改良をしてきたのにと、絶望して自死する農民も出た。

原発事故は産地と都市、生産者と消費者を分断し、離反させた。都市住民はいう。「某県の産品を買うことが連帯の証しであるのではない。汚染された農作物は核廃棄物として東京電力が補償すればいい」。これに対して被災県の農家はいう。「牧場だって牧草からセシウムが出ればわざわざ外国産の牧草を買って食べさせている。その費用は大きいが直ぐに東京電力がはらってくれるわけではない」「そもそも福島第一の電気は東京のためのものではないか」

責任があるのは原子力の安全性を言いつつ推進して来た政府と（ことに自民党の）政治家、電力会社にあるのは明らかである。しかし目に見えるところでは生産者と消費者の対立になってしまっている。

また食の安全をめぐっては世代間の違い、気にする人と気にしない人の違い、情報を持っている人と持っていない人の違い、も顕著である。

私が福島県境の直売場で買って来た野菜はとても新鮮でおいしかったが、娘には「しっかり土壌や野菜の放射線値も確かめずに応援と言って買ってくるのはおかしい」と批判された。翌日、宮城北部の漁港から届いた魚について「あのへんはだいじょうぶよ」とあやふやなことをいうと息子は「魚は回遊するんだぜ、政府と同じごまかし方だな」と言って食べなかった。新婚の仕事仲間は「子どもを作りたいので外食はしません、何を使っているかわからないから、水はペットボトル、野菜と米は産地を見て買い、魚は食べません」という。

こうした次世代の危機感にも目を凝らしたい。しかしここでできた溝はだんだん大きくなるだろう。そのうち農家は作物を作らず、売ってくれなくなるかも知れない。本当に大変な時代になった。

（一一〇六一〇）

p.s. この稿を書いたあと、新橋のカタログハウスでは福島の野菜を店頭で量って売るということをはじめた。そして日本政府の暫定規準でなく、世界一厳しいウクライナ基準以下のものを売る。測ると野菜はほとんどＮＤ（不検出）である。これなら買って食べようと思う。桃は三七ベクレルあったが、五十すぎた私一人が食べるならいいか、と一つだけ買ってきた。水々しくてうまかった。農家に測れというのでなく、流通や消費者も協力して測るシステムとして評価できる。

その後、政府は暫定基準値を米なら五〇〇から一〇〇ベクレルというように下げた。しかし、回遊する魚の汚染についてはいくつもの問題が残っている。石巻のように大きな漁港は生産者が独自の努力で測定しているが、宮城の小さな漁港では水揚げした魚を神奈川の検査場へ送り、測定結果が出るのは三日後、そのころ魚はすべて出荷され、出回っているという。こうしたことに対して厚生労働省は、「そうした事態を把握していない」と無責任な回答しか出していない。測定機械と人員くらい国と東京電力の責任で早急にすべきであろう。

私は当初、「チェルノブイリ人」という命名と対にして「フクシマ人」という言葉を使い、福島県人と協働して問題を考えていきたいと思ったが、カタカナのフクシマは、ヒロシマ、ナガサキ、ミナマタと同じく、土地におしなべて負のイメージをかぶせてしまうと思い、現在はカタカナを使っていない。

竹富島の風

もともと海が好き、島が好きなのだけど、このところ粟島や竹富島を訪ねているのは原発に反対するだけではなく、原発なしでも暮らせる小さなコミュニティをつくることに興味があるからだ。

沖縄の那覇から飛行機で五〇分、石垣島の離島桟橋から一五分波をけたてて船が進むと、竹富島に着く。はじめてこの島を訪れたのは二四年前の一九八七年、まだ赤ん坊だった次男を夫にあずけて全国町並みゼミに参加したのだった。

そのとき、竹富島は文化庁の伝統的建造物群保存地区に二四番目に選定され、そのお祝いもかねてこのゼミは開かれた。星砂のきれいなビーチ、どこまでもつづく掃き清められた砂の道、月桃、ガジュマル、食わず芋、オオタニワタリなどの緑濃い植物、そして珊瑚礁の石垣とはいまつわるピーヤシの香り、赤瓦の屋根にシーサーをつけた家々に息をのんだ。こんなに美しいゆったりした場所が日本にあるのかと。

　このゼミには目的があった。おなじころ、リゾート法という妖怪が日本全国を吹き荒れていた。これは日本人にはもっと長い余暇をゆっくり過ごすことが必要だ、ともっともらしい趣旨で通ったが、結局はゴルフ場やリゾートを増やすだけであった。沖縄の離島はことに狙われ、となりの石垣島に「ヴィラフサキ」、小浜島に「ヤマハリゾートはいむるぶし」ができていた。竹富にもリゾート開発を狙う開発者が現れ、それを阻止するために全国の町並みファンが押し掛けたのでもあった。

　その後、島の心ある人々の努力によって、竹富島の巨大リゾート計画は断念され、民宿を中心とした温かいもてなしの島となっている。残念なのは都市から離島ツアーと称して「あこがれの竹富島」などと宣伝にはうたうものの、石垣島の大ホテルに泊まって、竹富島に船で渡り、水牛車に乗って一時間ほど島の中をぐるりと回り、それで帰ってしまう人がほとんど。竹富島のよさは泊まってみないとわからない。

　朝早く「おはようございます」と挨拶をして白い砂の道を学校へ行く子ども、家のぐるりと庭にはきれいに箒の目が入れられる。おじいにクバの葉の団扇やかご作りを習うのもいい。年のうち半分は白砂のコンドイビーチで泳げる。透き通った海には魚の群れがはっきり見える。昼はおいしいそばを食べよう。民宿の薄暗い部屋でうたた寝というのもいい。夕食のあとは客たちがいっしょになって泡盛を飲み、三線を引き、歌い踊る。

もちろん中にはいってみればいいことづくめのパラダイスというわけでもないが、それも面白い。昔をたずねれば珊瑚礁ばかりで畑をつくるのも大変、由布島に舟で通って米をつくった。藁屋根は火事になりやすく、ときに台風で屋根は飛んだ。戦争中、マラリアになっても病院へ行けずに水で冷やしたという。壮絶な過去も持っているのだ。

それでも、この島には年間二一回という行事がある。ウタキ（御嶽）という神様のおられる場所があちこちにあって、そこを守る女性の神司がおり、彼女たちを中心に数々の祭事が行われる。私は昨年のお盆はアンガマーという行事に参加した。あの世からきた芸能集団に扮しお盆の夜に各家の前庭に現れ、クバの笠をかぶり、クバの団扇を持って、お盆に帰った先祖のために踊り、先祖とともに踊る。

十二月には種取り祭という最大の行事に参加した。これは豊作を感謝して神様の前で各集落が踊りやさまざまな芸能を披露するもの。二日間、朝から晩までえんえんとつづく。

時の経つのも忘れる、というのはこういうことか。

この島に水は石垣島から海底送水で来ている。電気は自島発電。人々は水に苦しんだ日々を忘れず、大切に使っていた。


（111211）

もういちど、ここで

3・11から一年間、何もわからずバタバタと動いてきた。五十代も後半になって瓦礫の処理は無理だった。物資輸送、情報伝達、避難所の炊き出し、被災した方の話し相手、ブログやビデオによる発信、産業復興、町づくりのアイディアやネーミング、広報のお手伝い。谷根千のコミュニティと支えあう仲間と共にたよりないお手伝いを心がけてきた。大正の大震災後、上野桜木町で『震災画報』をいち早く出した宮武外骨にならって、ネット上に「谷根千震災字報」をおいた。

微力な私は、畑を持っていた宮城県丸森と石巻市の過疎部、合併したが市役所から遠く、手の届かない河北町、北上町、雄勝町あたりに行くくらいである。

北上川河口で田んぼは川になった。松林はなぎ倒された。土地は陥没してまず道路をなおすのが先決だった。しかし小高い山で海から背を守られた尾の崎という集落は残っている。

坂下健さん清子さんという漁師のご夫婦は家を直して住みはじめた。「途中の集落は犠牲者も多く、もう戻ってこないだろう。うちが住むのをやめたらみんなは故郷を失う。一本道だけで他は水に浸かったけど、ここは日本のモンサンミッシェルだ」、その言葉に動かされた。奥さんの清子さんは民宿のんびり村の経営者、さっそくボランティアの人々にトイレや弁当を使うところを提供し、お茶も飲めるようにした。

坂下さんは長面浦《ながつらうら》という内海に、奇跡のように残った三枚の筏《いかだ》で今年も牡蛎《かき》を養殖した。山の恵みが海に流れ、一年で大きく育つ。北上川は岩手から南流する川、河口の牡蛎の放射線値はＮＤ（不検出）であることを確かめて、東京で牡蛎を売りたい、東京の人と話したい、という坂下さんにわたしは協力することにした。暮れの十二月十二日、谷中のカフェコパンをお借りして「石巻尾の崎地区復興支援・谷根千牡蛎パーティ」には地域の人々七〇人が集まった。いちおう五十歳以上限定。

七百の牡蛎を生《なま》で、焼いて、グラタンで、フライでと味わいながら尾の崎の話を聞いた。津波のきた夜のこと、たくさんの児童がなくなった近くの大川小学校のこと、スレート瓦の町並みのこと、仮設でない木造在来工法の復興村のこと、安心して食べてもらうために自費で三万五千円をかけて今年の米の精密検査をしたこと。

「実際に体験した人の生の話はテレビで聞くのとはまったく違う迫力を感じた」「おいしい

牡蛎を食べて復興のお役に立てるならうれしいです」と参加者は感想を寄せた。

その後、私ははじめて岩手に足を踏み入れ、陸前高田、大船渡、釜石、大槌と歩いた。「もういちど、ここで」というのを立ち上がる合い言葉にしたい。しかし瓦礫も片づき、町がこつぜんと消えた海沿いには人の影さえなく、本当に「もういちど、ここで」町をつくり直せるのか、自問自答し立ちつくした。

でも思う。縄文の人々は野や山を駆け、魚や木の実を採り、子どもを自力で産み落とした女はあとから群れに追いついたではないか。そのときは家も公民館も図書館も学校も病院も警察署も役場もなかった。

弥生人は耕作を始めたが、施設としては竪穴住居や米蔵、集会所や祈禱所、そんなものしかなかったではないか。

地震の前、農村漁村を歩くと、なんのお金でできたのかわからない謎の公共建築がたくさんあった。謎の農道もたくさんあった。政府は農業にまともに向き合わないのに、票田へ補助金だけは手厚かった。いらないものも多かったのではないか。

もともとは公務員なんていなかった。集落のことはみんなで決める自治があったはずだ。タイの奥地に何度か行ったが、人々は道も自分でつくり、下水道もつくり、集会所も幼稚園も自分で建てて楽しそうに暮らしてきた。いつしか人の世話をする専門職、公務員が生まれたが、みんなすっかり頼りすぎではなかったか。

まず家の基礎だけが白く残る海べりから、ほんとうに必要なものを選んで、すこしずつ作っていこう。

春になったらまず木のデッキがほしい。そこに麻のテントを張り、小さな椅子に座り、風の吹くところでみんなで集まり、話をしたり、髪の毛を切ったり、肩をもんだりしたら。お酒を飲んだり、踊ったり、歌ったりしたら。

そこでどこに町を再建するのか、を考えよう。本当に必要な公務のしごと、必要な施設だけを作ろう。農協や行政に頼らない、自分のあたまとうでを使った、暖かく風通しのいいコミュニティを今こそつくるチャンスなのではないか？

私が三〇年、谷根千という町でつむいできた人々の網の目はまさにそういうものだった。それは波にさらわれた町でも、どこかに移住しなくてはならない町でも、活かせる知恵ではないかと思う。

もういちど、ここで。もういちど、どこかで。


（1202011）

町の真ん中に大きな基地がある——普天間基地と宜野湾市長選

すごく大事な市長選だった。沖縄の、そして日本の将来を占うような。

二〇一二年二月十一日、四十八歳の自民・公明推薦、佐喜真淳さんに、社共と社大党推薦、六十歳の元市長伊波洋一さんが九百票差で負けた。これで沖縄で革新市長は名護市と沖縄市の二つだけになった。本土の人間にはその位置も知られていないが、行ってみると宜野湾市は那覇の北の隣町、西海岸にはリゾートホテルが並ぶけれど、市の中央には世界で一番危険と言われる普天間飛行場がどでんと居すわっている。

わたしは日本人すべてが福島原発事故のことと同じように、普天間基地について考える必要があると感じている。

普天間ができたのは戦後、旧日本軍の飛行場を沖縄を占領した米軍が使い出したからだ。そのころは確かにまわりは砂糖きび畑、しかし県庁所在地那覇に近いこともあって、飛行場のまわりは人家が密集していった。そこで米軍はどんな演習をしているのだろうか。昨年十一月に取材でいったとき付近の住民に聞いた。

「空の自動車教習所なんです。新米の、いってみれば若葉マークのパイロットが片翼の電気を消したり、誘導灯を消したり、わざと危険な条件を課して訓練している。危なくてたまりません」「滑走路にタッチアンドゴーで六分おきに離着陸をくり返す。人家すれすれに飛んでいきます。パイロットの顔が見えるくらい」「飛行機よりヘリコプターのぱたぱたいう音の方が気になりますね。音がすると孫はしがみついてきます」「七〇ホンを越える地区の家には防音サッシを取り付けてくれるんですが、うちは基地ができたあとに買ったので、承知して住んだのだろうとつけてもらえません」。古くはベトナム、最近ではアフガニスタンやイラクを空爆するパイロットがここで練習して飛び立った。

沖縄は固有の文化を持つ島である。かつては琉球王朝があって近世になると薩摩藩の支配を受け、近代になっても人頭税を払わされた。廃止になったのは明治三十年代。そして第二次世界大戦では唯一、地上戦が行われ、住民は多く犠牲となった。中には軍に自決を命令された住民もあった。戦後も沖縄は長く占領が続き、一九七二年の復帰後も島の五〇パーセント以上をアメリカ軍基地が占有している。

戦後、米兵による盗み、強姦、交通事故は後を絶たず、これも日米地位協定で米軍関係者が裁かれないままに終わることが多かった。一九九五年、米兵による小学生の少女暴行事件のさい、沖縄県民は十万人の集会をして怒りを表明した。最近防衛大臣となった人がこの事件を「詳しくは知らない」といってまた怒りを買ったが、本当に無惨な悔しい事件である。そしてSACO(沖縄に関する特別行動委員会)合意が結ばれ、普天間基地は返還する、その代わり代替地を探す、ということになった。その移転予定地は名護市の東海岸べり、辺野古。しかし本土の人間は辺野古がどこにあり、どんな美しい海かも知らないだろう。

沖縄県民が「いつまでも沖縄だけに基地を押しつけるな」というのは当然である。しかし「中国の脅威」論に負けて日米安保が必要と考える人々も、自分の町に米軍基地が来るのは反対なのである。県外移設はそうした人々の手で阻まれてきた。二〇〇四年には沖縄国際大学にヘリが墜落する事故が起きた。そのときも米軍はあっというまに周囲を囲い、中に日本人を入れなかった。「まだ占領は終わっていない」のである。

自民党から民主党への政権交替が起こり、鳩山由紀夫首相は県外移設を首相としてははじめて表明。しかし官僚の根回しや成算もないままの発言だったため、結局、撤回しなくてはならなくなった。いま米軍は再編のため八千人の海兵隊を日本から引き上げるといいだしている。しかし普天間は手放さない、返すのなら他に基地をつくれ、ともめる渦中での市長選であった。

十一月に宜野湾を訪れた私は一月、市長選を観戦することになった。東京の新聞などを見ると、沖縄県民はみな本土の無関心に怒っている、基地即時返還を願っている、かのような報道をしている。しかし今回取材にいって、私が町で聞いた声はやや違ったトーンだった。

「ゲートボールの仲間では政治の話はしない。でもだいたい半々で激戦になると思う」

「いつものことだから騒音にもなれた。ずっと基地の建設関係で働いてきたし」

「基地は反対よ。でもいままで出会ったアメリカ人はみんないい人だった」

「六五年で沖縄国際大の一度しかヘリは落ちていない。あれは事故でなく不時着」

九万四千人の住民のうち、基地ではたらく人は三百人、軍用地主は三千人、そのほか基地で潤うタクシーや飲食店、米軍放出の家具屋もならぶ。

最初は一坪コーラ一本の地代だったが、日本政府がつり上げて何倍にもしてしまった。年に一千万以上の地代を得る地主が一パーセントいる。基地に生活を依存している人、思いやり予算に依存している自治体がある。原発と同じ構図である。

「すぐ基地が戻ってこないとすれば、日米交流の町づくりに補助金を出させたい」

という人もいた。日米軍事同盟をやめさせるという伊波候補は基地即時返還を訴えたが、相手方候補も基地反対を訴え出した。琉球新報や沖縄タイムスが伊波よりなので事務所にはジャーナリストを入れず、街頭演説もあまりやらないという。候補者の顔入カードをばらまいて「入れてね」と頼む。

「両陣営とも基地反対を言わなければ当選できないよ。挨拶のようなものよ」

「沖縄人は義理堅いから、親族に頼まれればざーっとそっちへ流れる」

そのうえ根拠のないネガティブキャンペーンが行われた。

「いったん市長をやめて知事選に出た人がまた市長とは虫が良い」

「伊波は市長としてはなんの実績もない。ここは若くて元気な市長に」

伊波陣営では「これは勝てる選挙ですし、勝たねばならぬ選挙です」と聞いたが、なかなか危ないぞ、と感じた。

これにたいして伊波陣営も中学校までの医療費無料化、病院の充実など福祉政策を訴え、相手候補と張り合うかのように「基地跡地には緑豊かな住宅を」「基地返還で二万人雇用が可能」といった振興策を打ち出した。

しかしこうした外部費金をあてにした活性化、振興、発展のプランは本当に沖縄に必要なのだろうか？　もう沖縄はこれ以上開発する必要があるのだろうか？

「基地があるから見返りに沖縄だけ交付金をもらうったって、それは国民みんなの税金。もらうばかりでは国がつぶれてしまう」とまっとうな意見をいう人もいた。私見では伊波陣営は「金もいりません。基地を返してください。青い空の下、青い海を眺め、わたしたちは静かで楽しい町を目指します」といった方がずっとかっこよかったと思う。とくに沖縄の自然や文化に憧れて住んでいる若者には、そういうライフスタイルの提案のほうが魅力的だ。

利益誘導型の補助金行政は本土ではとうに終わっているのに、沖縄ではいまもなお、米軍を置く見返りに、立派だがセンスのない、自然破壊のコンクリ公共建造物があちこちに建っている。もう見ていて痛々しいくらいだ。世界遺産にしようとするならむしろ赤瓦の家や、やんばるの森を守らなくては。

「沖縄県民はみんな基地問題で怒っている」というかのような本土のマスメディアが伝えるのとはまるで違う声に私は驚いた。伊波氏の演説会で会った人は元公務員とか教師とか組合運動経験者。こうした人とは違う人々が今回、選挙戦を決めた気がする。そしてこの結果を生んだのは回り回っていえば、私たち本土の無関心なのだ。


（120203）

越後・粟島のおじいさん

全国、あちこちの島とご縁ができている。

長崎の対馬や沖縄の竹富島、鹿児島の奄美大島と並んで、恋しいのは新潟の粟島。

村上の岩船港からフェリーで一時間半のところにある島だ。絶海の孤島と言ってよい。

ここに三五〇人ほどの人が暮らし、それでも粟島浦村は合併しない。島の文化と自然を大事にしながら半農半漁の暮しを続けている。

初めて行ったのは去年の四月。

アイヌの言葉が色濃く残るといわれる地名、昭和七年までいた在来種粟島馬の記憶、天然記念物のオオミズナギドリ、平家の落人伝説などに惹かれた。

魚を少し焼き、ワッパに水とともに入れて焼き石で沸騰させるワッパ煮という郷土料理もおいしい。

十月末、海が荒れて船が欠航になりやすい、というぎりぎり前に私は粟島をふたたび訪れ、お年寄りたちにぽつりぽつりと話を聞いた。

それは想像を絶する暮らしであった。

「いまも島には常駐の医者はいない。看護師さんがいてくれて、お医者さんとテレビ電話で診療も受けられる。村上の病院までも高速船なら一時間。昔は病人が出ると屈強な若者が二〇人くらいで早船を仕立てて櫓をこいで搬送したんだ。その費用は病人の家で出した。手遅れで亡くなる人も多かったんだ」

「家は茅葺きであっての、次々子どもが生まれて、赤ん坊しょって学校も行ったから勉強どころではなかったの。遊ぶこともできなかった」

「小学校を出ると大阪の紡績工場で綿糸の糸取りをした。そこに電報が来て、おめえさくれるうち、決まったからすぐ帰って来い。それでここに嫁に来たの」

「天皇の玉音放送、聞くわけないよ。電気がついたのは戦後だもの。それも最初は夜だけ数時間。昼間もテレビが見られるようになったのは昭和四十五年くらいだ」

「昭和三十九年のオリンピックの年に、新潟地震があった。津波は来なかったんだけど、みんなで竹林に入って一週間暮らしたな。そしたら島が隆起して、地下水の水位が下がって、少しあった水田もやれなくなった」

それでも人々は生きてきた。

あるおじいさんの話はことに印象深い。

「おれ、耳遠いすけの。あまりわかんねえの。おれの何代か前は船乗りで、北前船に乗ってでね。ハワイ諸島へ漂着って書いてある。天保時代の名前だすけ。これおれのひいじいさん、本名は久太郎、三十歳、炊事や雑用をしていたらしい。七年目に帰ってきたそうだ。お宮にあるガラス玉、そのとき持ってきたらしい。まだあるよ。そのときの漂流記があったらしいが火事で焼けたんだな。おれは昭和二年生まれだ。兵隊に志願はしたけど、行かなかった。おれの上の兄がみんな戦死したすけ、おれ末子だが家を守ってきた。一番上は台湾海戦で、すぐ上の兄は飛行機乗りで死んだ。あの時分は戦死して当たり前だったから。ばあさん（母親）も特になずだば（なぜだか）悲しまなかったような気がすんな。ここら秋になると食べ物探して歩いたもんだ。米でなくて麦と芋を食べたんだ。山に入れば栗とかきのことか、食べ物はいっぱいあった」

そんな話を聞いているところ、ガラリと戸が開いた。

ただいま、と明るい付き添いさんの声がすると「かかあがデイサービスから帰ってきたな」とおじいさんは腰を浮かした。

口をモゴモゴして入ってきたおばあさんに「こんにちわ」と挨拶すると、おじいさんは

「言ってもわからねえ。どこの人だと思ってる。年だすけ、八十八だよ」と言いながらカーディガンを持って来て「寒いからこれ着ろよ。どこいかんだ。便所か」と細かく世話を焼いた。

「わしは村上の山北のほうで住んでたことあるよ。昔は尋常小学校、尋常高等小学校と言った。十六で卒業したもんだ。はははは、恥ずかしい話だが、戦争のために学校の先生が足りないもんだば、それで学校の先生してた。ちょうど一年やって終戦で帰ってきた。あのころは腹が減って困った覚えある。発電所ができたのは昭和二十八年、粟島の農協がやったわけさ、そのあと北陸電力がきたわけさ、それは昭和四十四年だ。昭和三十九年の新潟地震でぺたっといったろ、それで電力が大きいのを持ってきてやった。発電所には三五年いたすけ。最初入ったときは給料五千円だよ」

お手洗いから帰ったおばあさんが定位置につくと、おじいさんはほっとしたように話を続けた。

「年がいくとトイレが一番困るな。汚すんだよ。でも年いけばみんな同ずさ。うちのばあさんも粟島生まれだ。去年は日射病でやられて村上の病院に一ヶ月もいた。一緒になってもう長いんだ。働き手で嫁に来たんだすけ、おれより六つ上だよ。親が決めて浜通りの中んあたりから来たんだ。あのころは愛だの恋だのなんてものはない。終戦直後だから結婚式もしなかった。まんず親や弟の面倒を見てよく働いたもんだ。息子がいたんだけども死んじまってなあ。おれとおなじ電力に行って電柱に上って腰綱やらねぐて電柱から落ちたんだ。一三年になる。それから悲しんで悲しんで、ばあさん何もしなくなった。ご飯作るのも洗濯もおれだ。冬は水が冷たいからこたえるな。でもしまいまで、おれ世話する。ヘルパーなんて来たことねえよ。

ごちそうなんておれ作れねえけどな。やっぱり苦労したもんだすけの、年いっててもかわいいよ」

その日、風がひどく、古い家はがたがた震えた。

これでは明日、船は出そうにない。何もわからなくなった女房を世話しつづけるおじいさん、八十八の妻を「かわいい」という声の調子がいつまでも耳に残るのであった。

（120323）

東京スカイツリーに異議あり

　東京スカイツリーが二〇一二年五月二十二日にオープンだそうで、地元の墨田区ばかりか、隣りの台東区、広く東京中で大騒ぎをしている。展望台の観覧券を手に入れるのにも大変な倍率だそうだ。

　これは地上デジタル放送などのための電波塔で、高さは武蔵の国にちなんで六三四メートル、現今の東京タワーの三三三メートルの倍近く、池袋のサンシャインはむろん、横浜のランドマークタワーをしのぐ日本一の高さの建造物ということになる。ちなみに世界一はアラブ首長国連邦のドバイにあるブルジュ・ハリファという建物で八二八メートルもあるのだそうだ。といって高い建造物の上から町を睥睨する「天守閣の思想」に私は興味はない。

　わが住む文京区も東京の東に属し、母のアパートからも、団子坂の上からも、根岸に降りてゆく寛永寺橋からもよく見える。そして新聞・テレビこぞって大絶賛、誰も悪く言わないこのタワーは私には景色を汚すとっても目障りなものなのである。「またそんな高いもの建てちゃって何がうれしいの」というのがへそ曲がりの感懐だ。

あれは二〇〇四年ころだと思うが、上野の山に新東京タワーを建てるという構想があった。その前年に在京放送六社が六〇〇メートル級の新電波塔を求めてプロジェクトを作ったのに応えたものであった。場所は東京国立博物館前、皇太子夫妻成婚記念の噴水のところだという。

上野公園は明治六（一八七四）年に太政官布告でできた日本初の公園だが、いまやものすごい乱開発で、自動車道路が通り、公園というにはあまりに施設が多すぎる。博物館・美術館の下に地下通路を掘って、雨の日にも傘をささずに見て回れるようにしようなどと言った馬鹿げた計画もあった。

その前には不忍池の地下を掘って二千台の駐車場を作るという案もあり、これは私たちが反対して消えた。「台東区の商工業会が新東京タワーを目指すのは、過去十年で二割程度減少した区内小売店販売の回復と、地元経済活性化への起爆剤としたい考えだ」と京都新聞十一月六日付にある。

私にとっては嬉しいことに、都の公園内に巨大タワーを建てるプランはおじゃんになり、埼玉副都心との競争に競り勝って選ばれたのが、隅田川以東の東武鉄道貨物駅跡地である。

墨田区押上一－一－二、敷地面積が三六五万四四三八平方メートル。事業主体「東武タワースカイツリー株式会社」。設計は東京タワーの実施設計にも携わった日建設計。デザイン監修は世界的建築家安藤忠雄氏と芸大学長澄川喜一氏、権威づけには申し分ない。施工は大林組、総事業費六五〇億円。

これが発表され、工事が始まると地元の熱狂が毎日のように報道される。二〇〇七年十一月「押上・業平橋地区新タワー関連まちづくり連絡会」を結成。翌二〇〇八年五月三十日には環境影響評価書を提出とあるが、どのくらいの精度でやったのだろうか。七月十四日着工、二〇〇九年には完成時の高さを六三四メートルに変更、二〇一〇年には商業施設運営会社として「東武タウンソラマチ株式会社」を設立、二〇一一年、東日本大震災にもさいわい建設中のタワーでは被害がなく、十一月、ギネスブックに「世界一の高さのタワー」認定、二〇一二年二月二十九日竣工、業平橋駅が「東京スカイツリー駅」と改名した。

あれよあれよである。まずこのような地元自治体と住民の誘致合戦は、自分たちのアイディアや努力で町をよくしよう、住みやすくしようというのでなく、活性化の起爆剤を期待する他力本願性で原子力発電所に似ている。そして地元では反対できない雰囲気がつくられる。

つぎに事業主体はテレビ局からの賃貸料と、観光客からの入場料で収益を得るつもりだというが、すでに第一展望台までが二千円、第二展望台まで上がると三千円というバカ高い入場料が設定され、年間五五二四万人の来場者を見込み、試算で経済効果は四七三億円と出ている。また開発街区への来場者は二億九〇七九万人で、地元が潤うとしている。これすべて取らぬ狸の皮算用ではないか。もし皮算用がうまくいったとしても、それは経済優先の巨大開発で、地元の暮らしがよくなるかどうかは分からない。

たとえば特に巨大な観光施設のないわが街谷根千でも、安上がりの情報番組を見てたくさんの見学者が来すぎた結果、住民は土日の観光公害によって生活の質が低下していると感じ出した。墨田区でも金が落ちるのは飲食店と土産物店くらいであろう。下町情緒の仕舞屋は景観のファクターに過ぎず、年間想定される二九〇〇万人も押し寄せたら、そこに住む住民にとって住環境の低下がないとは思えない。

また、スカイツリーの建設が進むにつれ、観光客にとって目障りだからと隅田川沿いの野宿者が追い出されていることも、生存権の上では由々しき事態だと考える。

さらに開発主体が巨大な現代建築を建てておきながら、やたら下町情緒や伝統技術、そりやむくりを強調するのも気色が悪い。そのうえライトアップの命名は「雅」と「粋」だそうである。

そもそも業平という地名は平安時代に天皇の妃に恋をして京を追われた在原業平の「東下

り」に由来する。

名にし負わばいざこと問わん都鳥　わが思う人はありやなしやと

『伊勢物語』由来の由緒ある業平橋駅を勝手にスカイツリー駅に改称して下町情緒もないものだ。江戸と現代の一貫性とかいうのは口先で、まったく歴史に敬意をはらっているとは思えない。三遊亭円朝には『業平文治漂流綺談』なる、このへんのいい男が仕置き人をつとめる痛快な噺があり、本所の左官や長兵衛さんが身投げ人を助ける人情噺『文七元結《ぶんしちもっとい》』も本所が舞台。葛飾北斎に勝小吉が住まい、芥川龍之介も本所育ちである。さらに関東大震災では本所被服廠跡に逃げた三万五千人が犠牲となり、東京大空襲でも最大といってよい被害を受けた。

そんな悲喜こもごもの歴史は捨象して、ただ下町情緒を持ち上げ、展望台で金儲けさせてもらったあとは、どうぞ周辺の「人情あふれる」町を散策してくださいとは、虫のよすぎる言い分ではないか？　そしてスカイツリーは敷地が狭いため、東京タワーのようなしっかりした底辺をもつ四角形でなく、三角形をした鉛筆みたいなタワーである。「わが国最高の技術をもって」建てられたと言うが、これまた原発を建てる際に毎度聞いたセリフだろうか。

「わが国の技術をもってすれば絶対安全」。何度も地震や火事に見舞われた地域への安全の配慮はどのようになされたのか、お祭り騒ぎの中で聞こえてこない。施工した大林組の石川社長はスカイツリーで社員に自信がついた、というが、その自信が試されるのは来るべき直下型地震のさいであろう。個人的にはスカイツリーでなく、大正三（一九一四）年に大林組が建設した東京駅の修復の方をやってほしかった。そりゃスカイツリーの方が仕事としては目立つだろうけれど。

最後に、スカイツリーはエネルギー多消費型の生活から何も出ていない。テレビによって一億総白痴化するといったのは評論家の故・大宅壮一だが、新タワーは多チャンネル化に対応し、携帯へもテレビ画像を提供し、タクシー無線の集中基地にもなるという。私のような電磁波過敏症には空恐ろしい話である。夜間のライトアップはいま過酷な原発事故を反省し、できるだけ節電しようとしている国民の努力と逆行する。私は企業戦略が、自治体や商店街の町作り戦略が、原発事故前とまるで変わらないことに驚いている。

俠客業平文治は本所で、行灯《あんどん》で暮らし、引き戸によしずをかけ、往来に打ち水をし、縁台で団扇で浴衣に風を入れ、湯屋から手ぬぐいを肩に乗せて帰って来たはずである。もうできてしまったスカイツリーを壊せとはいわないが、住民も電磁波がとびかう本所を手放しで喜んでいないで、せめて業平文治のような「懐かしい未来」を実践してみたらどうか。

今日の夕刊には天皇・皇后がスカイツリーを視察したとの記事があった。心臓手術後の八十近い天皇に、雨中で景色も見えないのに、エレベーターを乗り継いで四五〇メートルの第二展望台まで上がってもらう必要がどこにあるのか。お気の毒としかいいようがない。美智子妃が原子力船むつの竣工時の支綱切断をする映像をこの一年繰り返し見たが、皇室の国策への政治的利用は憲法に抵触する。

いっぽう、自身が推進してもいない事業に、このように「経済的」に利用するのもやめてほしいというほかはない。

（120511）

あとがき

海沿いの何もなくなった町にたたずみ、「もういちど、ここで」と海に向かってかぼそい声を出してみるが、風に吹き消され、誰も答えてくれない。人々はみな山陰《やまかげ》の仮設住宅にいるようである。どうしたらここで町を作り直し、人々をつなげて行けるか、希望をもって暮らせるか。そのために私は何ができるのか。

地震に続く、東京電力福島第一原発の過酷事件（事故ではない）によって、放射能はしずかに山や海を汚染し、ふるさとに住めない人々を多く生み出した。今読み返せば、震災以前の汚染米問題にしてもダム問題にしても、まだ事態が切羽詰まっていなかったようにも感じるし、照明やクーラー、電気音への違和感は今の事態に応用できるようにも感じる。電灯をできるだけ減らし、BGMや着メロ、マイク使用、トイレの自動装置などはやめた方がよい。ニート、ネットカフェ難民、非正規雇用などの貧困と格差が、それぞれの個人にかかえこまされ、原発を止めるといった大状況へつながって立ち向かう力にならなかった。あきらめていた。二四年前、チェルノブイリ事故の後に活動し、デモもした私もすっかり油断していた。反省する。

五月、懐かしい丸森へ行くと、友人たちは暗い顔である。丸森は福島に陥没したような宮城県。農作物は売れない。名産のタケノコ、原木シイタケは出荷制限。町営牧場のわらからもセシウムが出た、とこうして記すだけでも、丸森についてあらたな負の情報を伝えているようで、気がさしてならない。住民はいう。ヤマメやイワナを川で捕る楽しみ、食べる楽しみ、人にあげて喜ばれる楽しみ、すべて奪われたと。町営水道の水はボトル詰めして売るほどおいしかったのに。山や家を除染すると今度は川や海に移染する。それでも人々は動けない。動かない。

動いた方がストレスが多く、生活の基盤を失うこともありうるからである。そこに「普通に暮らす」ことができる安全な数値がわからないために、人によって世代によって得た情報によって危機感に差があり、戸惑いが生まれている。それぞれの決断を尊重し、分断に乗らず、けっして責めることなく、つながりつづけるしかない。

原発は安全に止まっているのでなく、どこでも臨界にいたらないよう必死で冷却中である。そのあとも核のゴミ処理はままならず、廃炉にするとしても膨大な努力と時間がかかることも覚えておこう。原発事故のために被災地の復興は遅れている。そしてダムや基地など、同じ構造を持つ問題が閑却されている。これらにもひきつづき向きあい、考えつづけることをやめたくない。田中角栄以降の、ダム、原発、基地などの公共工事でどうにか過疎地の経済を回す、という政策は根本的な見直しを迫られている。原発を廃止するだけでなく、原発なしで暮らせる自立したコミュニティの提案として、竹富島や粟島での経験も紹介してみた。わが谷根千の地域でも三〇年来それを手探りしている。

一年を過ぎると、メディアはまたしてもお笑い番組ばかりになった。

東京は、いや日本じゅうがいまスカイツリーではしゃいでいる。たとえば能登空港を存続するために空港を利用してスカイツリーを見に行くツアーなどが企画されている。そして東京電力福島第一原子力発電所でもなにも収束せず、その現状すら知らされないのに、政府は福井・大飯原発の再稼働を決めた。このばか騒ぎの中で、毎日そっと福島の人々を思い出す。海際のたいらになった町を思い出す。そして丸森での日々と人々を。

二〇一二年六月十日

森　まゆみ

税金の使い方が下手な国（同　2月18日）
何でも「個人情報保護法」には泣かされる（同　4月2日）
路地のゆくえと防災（同　4月23日）
タケノコざんまいの五月（同　5月19日）
アイルランドで日本を思う（同　6月10日）
重文銅御殿に隣接するマンション（同　7月1日）
相撲の伝統と文化を失わないために（同　8月13日）
秋の夜長に漢詩を，そして中国を（同　10月2日）
瀬戸内芸術祭で考えた地域とアート（同　10月28日）
原田病とステロイド（同　12月21日）
性描写規制と表現の自由（同　12月22日）

引っ越しのあたたかさ（「保健師ジャーナル」2011年6月号，医学書院）
耳をすます（同　2011年8月号）
若者たちと出会う——講義の感想文から（同　2011年11月号）
「福島人」として生きられるか（同　2011年12月号）
竹富島の風（同　2012年4月号）

もういちど，ここで（「うえの」2012年3月号）
町の真ん中に大きな基地がある——普天間基地と宜野湾市長選（書き下ろし）
越後・粟島のおじいさん（「保健師ジャーナル」2012年5月号）
東京スカイツリーに異議あり（「週刊金曜日」2012年5月18日号）

＊「あらたにす」（日経・朝日・読売よみくらべサイト）は2012年2月末に閉鎖されました．
＊　本書収録にあたり，タイトルを変更したもの，加筆・訂正されているものもあります．また，各編末尾にある日付は主に脱稿時のもので，掲載時とずれているものがあります．
＊　初出の編集者・出版社・団体に感謝します．

初出一覧

都市型洪水を防ぐには（「あらたにす」2008年8月12日）
赤塚不二夫氏に哀悼を捧げる漫画私史（同　8月31日）
食は自衛も必要――自分の頭で考えて食べよう（同　9月26日）
東京をどうするか，二つの道（同　10月18日）
「二地域居住」を楽しむには（同　11月12日）
ダムはもう要らないかも（同　12月5日）
「疑わしきは罰せず」じゃなかったの？（同　12月27日）

派遣社員でなく職人になりませんか（同　2009年1月18日）
「かんぽの宿」は地元に譲ろう（同　2月5日）
トキは焼き鳥に？　はく製に？――東京中央郵便局（同　3月20日）
おいしい英国旅行で考えた（同　4月11日）
草彅さん，目は大丈夫でした？（同　5月28日）
平成の20年間とわたし（「ＴＢＳ調査情報」489号，2009年7・8月号）
「いやはや語」めった斬り（「あらたにす」2009年6月18日）
オーセンティシティを壊してフェイクに替える国（同　7月8日）
八ッ場ダムがなくなる可能性が出てきた（同　7月31日）
政治家は職業でなく家業なのか（同　9月12日）
三たび「八ッ場」について（同　10月8日）
秋の吾妻渓谷紀行（同　11月20日）
年越し派遣村，今年は……？（同　12月10日）
『谷根千』の26年――終刊にあたって（「神戸新聞」夕刊「随想」の7回の連載をまとめたもの　2009年9月3日～12月14日．初出タイトルはそれぞれ「地域雑誌の終焉」9月3日，「記号としての谷根千」9月18日，「町は変わったか？」10月8日，「若い人が住める町」10月26日，「町の縁側」11月11日，「聞き書きのススメ」11月27日，「記録を残すこと」12月14日）

『青鞜』創刊の地のマンション騒動（「あらたにす」2010年1月6日）
ＮＨＫの“番審”で考えたこと（同　1月27日）

著者略歴

（もり・まゆみ）

1954年，東京都文京区生まれ．早稲田大学政治経済学部卒業．地域雑誌『谷中・根津・千駄木』を1984年に仲間とともに創刊，2009年の終刊まで編集人を務める．作家・編集者．著書『読書休日』（晶文社1994）『谷中スケッチブック』（ちくま文庫1994）『ひとり親走る』（講談社1994）『明治東京畸人伝』（新潮社1996）『明治快女伝　わたしはわたしよ』（旬報社1996，文春文庫2000）『かしこ一葉「通俗書簡文」を読む』（筑摩書房1996，のちに『樋口一葉の手紙教室』として，ちくま文庫2004）『抱きしめる，東京』（講談社文庫1997，ポプラ文庫2010）『不思議の町　根津』（ちくま文庫1997）『寺暮らし』（みすず書房1997，集英社文庫2006）『小さな雑誌で町づくり』（晶文社1997，のちに『谷根千の冒険』として，ちくま文庫2002）『鷗外の坂』（新潮社1997，芸術選奨文部大臣新人賞，新潮文庫2000）『深夜快読』（筑摩書房1998）『路地の匂い　町の音』（旬報社1998，ポプラ文庫2010）『長生きも芸のうち―岡本文弥百歳』（ちくま文庫1998）『のほほん親本舗』（学陽書房1999，のちに『とびはねて町を行く』として，集英社文庫2004）『人町（ひとまち）』（荒木経惟と共著，旬報社1999）『その日暮らし』（みすず書房2000，集英社文庫2008）『大正美人伝―林きむ子の生涯』（文藝春秋2000）『森の人　四出井綱英の九十年』（晶文社2001）『一葉の四季』（岩波新書2001）『アジア四十雀』（平凡社2001）『風々院風々風々居士　山田風太郎に聞く』（筑摩書房2001，ちくま文庫2005）『人間は夢を盛るうつわ』（みすず書房2002，のちに『旅暮らし』として集英社文庫2009）『昭和ジュークボックス』（旬報社2003，ちくま文庫2008）『海はあなたの道』（PHP研究所2003）『神田を歩く』（毎日新聞社2003）『「即興詩人のイタリア」』（講談社2003，JTB紀行文学大賞，ちくま文庫2011）『森まゆみの大阪不案内』（筑摩書房2003，ちくま文庫2009）『東京遺産』（岩波新書2003）『明治・大正を食べ歩く』（PHP新書2004）『彰義隊遺聞』（新潮社2004，北東文芸賞，新潮文庫2008）『昭和快女伝』（文春文庫2005）『プライド・オブ・プレイス』（みすず書房2005）『円朝ざんまい』（平凡社2006，文春文庫2011）『「婦人公論」にみる昭和文芸史』（中公新書ラクレ2007，のちに『昭和文芸史』として中公文庫2012）『自主独立農民という仕事』（バジリコ2007）『懐かしの昭和を食べ歩く』（PHP新書2008）『断髪のモダンガール』（文藝春秋2008，文春文庫2010）『手に職』（ちくまプリマー新書2008）『旧浅草區　まちの記憶』（平凡社2008）『女三人のシベリア鉄道』（集英社2009，集英社文庫2012）『起業は山間から』（バジリコ2009）『海に沿うて歩く』（朝日新聞出版2010）『東京ひがし案内』（ちくま文庫2010）『貧楽暮らし』（集英社文庫2010）『望郷酒場を行く』（PHP新書2010）『明るい原田病日記』（亜紀書房2010）『おたがいさま』（ポプラ社2011）．

森まゆみ
町づくろいの思想

2012年 6月29日 印刷
2012年 7月 9日 発行

発行所 株式会社 みすず書房
〒113-0033 東京都文京区本郷5丁目32-21
電話 03-3814-0131(営業) 03-3815-9181(編集)
http://www.msz.co.jp

本文印刷所 萩原印刷
扉・表紙・カバー印刷所 栗田印刷
製本所 誠製本

ISBN 978-4-622-07710-7
[まちづくろいのしそう]